2018

中国大学生诗歌年选

李樯 主编

南京出版传媒集团
南京出版社

图书在版编目（CIP）数据

中国大学生诗歌年选. 2018 / 李樯主编. -- 南京 : 南京出版社, 2019.3

ISBN 978-7-5533-2531-6

Ⅰ. ①中… Ⅱ. ①李… Ⅲ. ①诗集—中国—当代 Ⅳ. ①I227

中国版本图书馆CIP数据核字(2019)第040934号

书　　名： 中国大学生诗歌年选 · 2018
主　　编： 李　樯
出版发行： 南京出版传媒集团
南　京　出　版　社
社址：南京市太平门街53号　　邮编：210016
网址：http://www.njcbs.cn　　电子信箱：njcbs1988@163.com
天猫1店：https://njcbcmjtts.tmall.com　　天猫2店：https://nanjingchubanshets.tmall.com
联系电话：025-83283893、83283864（营销）　025-83112257（编务）

出 版 人： 项晓宁
出 品 人： 卢海鸣
责任编辑： 金　欣
装帧设计： 吴　倩
责任印制： 杨福彬

印　　刷： 南京新世纪联盟印务有限公司
开　　本： 889毫米 × 1194毫米　1/16
印　　张： 15.75
字　　数： 270千字
版　　次： 2019年3月第1版
印　　次： 2019年3月第1次印刷
书　　号： ISBN 978-7-5533-2531-6
定　　价： 52.80元

天猫1店　天猫2店

营销分类：文学　诗歌

C O N T E N T S

目录

记忆，关于远方　　杜宇

远方，停留在未来的记忆里
应该像橘子柠檬一样的香
给未来的自己写封信
楚雄大街202号，杜宇（收）
让他把记忆好好珍藏
最好放到一个木匣子内
隔段时间拿出来，晒晒太阳

故乡的杂技团悄悄消失
胸口碎大石的本领，也在
新生代的同乡头脑中消亡
被狙击的记忆
迎来了十二月，在古战场上
他用生死朗读，故乡
请用你的记忆看他一眼吧

杜宇，本名李延
男，1995 年生，河南周口人。山东师范大学文学院美学硕士研究生在读。

铜锈　逢雨

钥匙。凝固在锁芯里的
忍受着不和谐的谎言在空气里弥散
潮湿带来岁月的亲和力
向一切金属开着自认为善意的玩笑
铜锁不明白，这是永远的和解
还是仅仅暂时的将就
反正，没有再分别的可能
他们已互相占据了彼此的骨骼

没有人将今天梳理得特别清楚
混混沌沌，这是人所共存的常态
钥匙也是一样迷茫，在锁芯的黑暗里
度过了一天又一天的充实
他的故事不因解放一扇门而开始
恰恰相反，他的存在仅是为了掩盖
一个没人知晓的秘密

这是时间的魔力，平凡却也伟大
那是铜的颜色，错误中崛起的红

逢雨，本名谢其政
1996 年生，中国社会科学院大学青少年工作系思想政治教育专业。

跳舞的保温杯

陈国昊

枯燥乏味的桌子上有一个黄色保温杯
它正在演奏小提琴随想曲
谁知道呢？作为一个保温杯也是有发声器官的
只要它的主人不把杯中的热气释放
热气在杯腔里涌动
这股能量就如同执琴弓的手
擦着杯沿口，发出嘁嘁嘁的响声
节奏明显，时急时缓，如
帕格尼尼住进了保温杯中
向我炫了一把技
分弓、跳弓以及介于连顿弓、连跳弓之间
难道我不曾把诗写成那样
像戏剧，像音乐，像电影，像一幅画
如同爱迪生寻找灯丝
把诗写得不那么像诗
最后在两败俱伤中寻找妥协

陈国昊
1996 年生，淮阴师范学院文学院 2015 级文创系学生。

一些阳光

朱恋淮

向着阳光那一面走去
水淋淋一面朝着低矮的草走去
土地划过一道弧
一棵大树站在前头
鹭鸶在此烧着火
仰望冬天中的那一根骨头
白色井口
粉末状的糖浆，并着一些盐
给那独特的豪迈一些向度
酒瓶泡就不可言说的沉默
路口那一匹水的骆驼
你有千年没有与我在
草籽花上
相逢过了

朱恋淮
男，1994 年生，湖南浏阳人，徐州市解放军工程兵学院工装系在读学生。

醒来 安也

一颗泪还未孕育成熟
就预想自己会用某种方式
从眼眶抵达下颌
旋转、跳跃或者是细水长流

凹凸的面颊上找不出任何表情
泪珠在上面不断的繁衍、分裂和爬行
把路途中所有的嘈杂和死寂
都一一塞进透明的肚子里

它在迷了路找不到目的地的时候
往骨头和心里分别注入冰冷和疼痛
而此刻，太阳高过山冈
农民和秋风一起，开始了期待已久的收获

泪珠的预想精确无误，在成熟之前
它说：“我不想做一颗静如死水的泪，
假若我不去人世，也许我还能够
挽救一朵雪花的消融。”

安也，本名田婷
1995 年生，重庆师范大学
文学院汉语言文学专业。

病 百希里

夜晚是个很奇妙的时段
孤独恐惧寂寞统统都比饥饿来得更真实一点
我所有的情绪被放大
我的灵魂在这个时间被膨胀
我非常沉顿 难剥
像是第二个自己在身体里开了屠宰场
屠戮我白天的理智和乐观
将它们的残肢投喂给放肆和感性
裸露在路人 暗夜 狂风中
稍有差池
便是尸骨无存
很触目惊心 没有人托得住
我的惊惶和迷人是同等的
都是深潭水
只会生藓 不会开花
一身冷战 擅长逃跑

百希里，本名李乐
广西师范大学漓江学院2015级汉语言文学专业学生。

怀春　黄维盈

时间和泪水是我最好的老师
教我丰满，教我成熟
十八岁我才明白
以前的皇上不容易
那么多要吃饭的子民
长江黄河也不容易
那么多任性的水
皇后要怀孕，江山要怀春

青春的版图不断扩张
九百六十万平方公里的脂肪
我的祖国蒸蒸日上
至少五万亿细胞跟本小姐作对
三天不打上房揭瓦
没有人教我治大国若烹小鲜

我崇拜过许多大人物
崇拜过许多同龄女人
此刻我最崇拜大白天的猫
它们叫春的声音
旗帜鲜明又返璞归真

黄维盈
女，1998 年生，湖北大学知行学院人文与社会科学系汉语言文学（写作方向）专业大二在读。

高楼 （外1首） 刘西溪

窗外：白雾。绿水环绕。——栅栏之外
婀娜的小山丘，“垂涎的突兀的女性乳房”
脚印走出一个S，是纹身，不是超人。
以狗洞的视角，便于观察，嗅觉灵敏。
——路有这么长——剩下一片空地。
植被为0
这是一场与master的豪赌，关于人性。
进化论：存在源于播种（对生命的忠诚）
夯地基是其中之一，包括：
水泥，钢管，锁链，空白的土地。
趁此机会，我竭尽全力，
把五大三粗的油渍大汉比作绣花精致的俏媳妇。
即便泥土，灰尘，硝烟已经填满他们的毛孔，与美丽无缘。
当我离开，或许将来，或者现在。
就在不远处，一场对话刚刚落幕。一幢高楼，呱呱落地。
婴儿的降临，轮回，张开双手。
至此，不要告诉我，不懂生命。

煎饼

扯去爬满整张身子的皱纹，
玉米粒卡住喉咙。建议：用土壤冲刷消化道。
糨糊是昨夜大雨时，垫着煤灯，村口的老碾磨的。
草棚里也下雨。我本想去。
借去老房子墙壁上的草帽，布鞋。
为了天亮所有人能填饱肚子，不悄悄说话。
每粒棒子都开膛破肚，不等天晴，来不及祭奠。
有的逃跑，被雨水浇灌，化作泡影。
鏊子上蒸腾的空气，一排肃穆的眼神。
干涸的湖泊腹腔，拔地而起。
裸虫的胃口，很好。
轮回里它可以糟蹋荆棘旁所有的苞米地。
我拍了手，使用骨骼的力量，
请它进入我的口腔。
用卡车接送，这是还债。

刘西溪，本名刘瑞祥
山东沂源人，1997年生，
广西钦州学院油气储运
工程专业大三在读。

挤在无常之间 原星子

秋天，每个人的伞都互有拿错
还好有他们在沉睡
等着被收割，（等着）安静跪拜
呼麦歌颂天地。
在河水的臃肿里，孤独的
他们合唱，一点点返照
没有来处的冲淡和瘦鱼。
铁锈准备好了故事
重撕不被人理睬的冷
和一棵槁木枯死的郁勃。

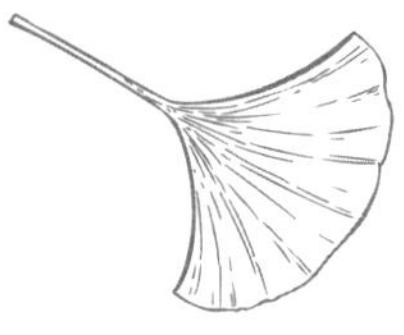

莫比乌斯环伪装的增长向世界
追求碎网状的平和。小偷
欠下了无穷的高利贷，转身
压榨自己的双眼与体验。
阴谋论者上溯到蒸汽机时代
那时亚当放逐了伊甸园
而后常住于兽笼。

原星子，本名段文博
1998 年生，西北大学文学院汉语言文学专业。

列车 陈超

所有的距离远离我
像此岸彼岸
空的时间
空的我
淹没水的直流
摒弃不合时宜的
在光到来之前
消失痛苦的欢乐
和诅咒

谁应该被诅咒
谁又救赎
同样的历史像
天黑的河水的镜
责备自己
让动乱的星子说话
清洗的我
哭泣的我

整个玻璃窗后面
稀薄的晨雾
冬日花呼喊
更加宁静，闪亮
偶尔极少数的鸟
扑棱着翅膀
在铁轨上
在路上

陈超
山西大同大学统计专业。

另一个白日　迟尔

我立于一个梦境残破的边缘，
夜的浓稠在我脚心翻滚，
翻滚成狮虎和灯塔的形态。
而白日种种
皆化成雾状的溪水流走。
流过我的眼和臂膀，向前方去了。
没有值得一提的情绪，
没有忍俊不禁和心有余悸，
没有足以辨认的红和蓝，
也没有自由的牧羊人。
残破的边缘持续迸裂，
我看见我的腿正在迈出去。
迈出去便是醒了，
醒了便是另一个苍老的白日了。

迟尔，本名彭雨青
江西科技学院新闻学专业。

犁 （外 1 首） 成风

不知道被划开的土地，会不会疼
但铁制的，残缺的犁头，很疼

一些疼痛是不会被叫喊出来
它们选择用泥土盖住，盖住伤口
他们深知，叫喊从未减轻生活里那么多的窘迫
所以一再省略，直至成为习惯性沉默

一再省略的，不只是皱纹和指甲里的污垢
还有干瘪的生活里，皱巴巴的语言
犁，也是一个干瘪的文字
把平整的土地，翻出皱巴巴的伤口

我爱你的绝处逢生

没有比一场雪更盛大的仪式。硕大的黑夜
咬紧一个人的名字
而我，只有伏在窗口
才像个帝王，目睹一次绝处逢生

你爱上了我挖好的陷阱
只轻轻跃过，便扑倒了月光
哥哥
你看我等了这么久，每一寸肌肤都荒芜了
哥哥
时光这样美好
我多想做一个坏孩子，一错再错

巷子依旧深不可测
像一只摊开的手掌
等你溜进来——
身后的路是空的，影子也是空的
正好容得下一声轻叹

妹妹——
所谓的秘密，就算我知道，也不要告诉我

成风，本名唐志成
四川巴中人，1995年生，陕西国际商贸学院工商企业管理专业。

逃离新乡　斯人

记不得某天夜里，我梦见
所有的都在逃亡
病毒在逃，结核杆菌在逃
蚂蚁在逃，蚊虫在逃
卫河水奔腾着、咆哮着在逃
原阳在逃，卫辉在逃
我还看到正在修葺花草的
工人，拿着剪刀在逃
施工重地的农民工背着被褥在逃
边跑还边用感染结核杆菌的肺部
呐喊。喊的是工资要日结
记满工期的钞票上有生命的红颜色
到了，我也在逃
可是我没有逃掉
前路阻断，雾气茫茫
卫河，蚊虫蚁兽都被阻挡
我们掉入仙境
梦，被惊醒

斯人，本名李云朋
新乡医学院三全学院生物工程专业。

洞房花烛　大树

今夜显得博爱。
雾，把星星拦着。
过于耀眼之物，应溶解在
天上。而月亮例外，它
裹了水。我们仰头时只看它的
圆，或者不圆。

兄长们。带着笑声出去了。
炉火在空中烧它的光线和火星。
墙壁羞红，烛焰呼应。所有的
情长之物，都在摇晃——

这些迷人的小心思，
纷纷超过了婚姻对我们——

在爱人清凉的脖颈，
我们会发现久埋于生活的雪。

大树，本名孙胜
1995 年生，江苏师范大学国际经济与贸易专业。

尚且 （外1首） 灵芸

需要按下去一个心脏，不被夜晚的恐惧打扰
需要高高捧起一种痛苦，不被女人的哭泣拥抱

我戴上一个耳帽，是为了隔绝粮食的热，隔绝生，甚至死
千篇一律的伤害，在你热情的赋予里，我们都变成伪命题

我遗忘了太多书本，在夜里
我遗忘了太多自己，在命里

不被死亡眷恋，我们还有荒芜的土地，还有十字架
可以在背部的伤痕里，开花

如果你有一根蜡烛，请先照疼我的恶——
如果你准备爱我，请先接受我满身的垃圾——

在有土地的地方，我们都是无处可去的人
每个角落都有我们的罪，那是我们对人世深深的爱

尚且让空气成为铁，和我们的肉体一样
尚且不需要爱恨，在自己无法解决的自我中

我们没有更多选择，优秀的男人、生活、和米饭
我没有卖掉肾，为了更好地生活
我们还在写诗，所以跟生存这个词语毫无关系

尚且需要一种刀具，我们需要变成更好的自己

农民工、刽子手、抗议信
我们在所有的痛苦中，都不失聪
我们在所有的美好中，都已耳聋

那些背影

我看过自己的很多背影，在即将掉落的悬崖
你是那么轻盈。背着蜗牛、房子、面包
料想盘缠已经足够——我不推你下去

我还看过自己在深夜的海边，那个听海的背影
很奇怪，听着听着，海水越来越激烈
你的思维，沉静地充满了杀机。你，
躲避那个迫切寻你的男人，心中默念：
“请再给我十分钟——”
再给我十分钟，我就能活过今天
活过今天，明天才能不远
我们才能继续跟破碎，形同姐妹

可是你还是打开了恐惧
篝火晚会、兔子舞、小情歌
你把它们高高捧起，如捧起你的痛苦
你不该抱怨那个男人，再多美好
都美不过内心的荒草。他已经做到极致——
而我们所要关心的，是今夜的粮食
他们已在海底的怪物嘴中——
一并吞噬着你的灵魂

灵芸，本名田凌云
1997 年生，陕西科
技大学会计专业。

和你谈一谈这个秋冬

过云雨

我如今是轻的，已谈不起
这个负重的世界
所以原谅我也迷信距离，走进你
和你谈一谈这个秋冬
谈一谈，悲喜的赶路人

当然，我们不谈沉静的草木
春天的旅途，我理解你的忧伤
是恬淡而安静的
作为一个与人间背离的人
我想我没有资格，说出更多的事物
譬如微风，藏在心底的柔情

如果——我说如果有一天
我心生斑驳，是病中之病
你不要用一腔厌恶来回应我
和我谈一谈这个秋冬
谈一谈米酒，浇活我冰冷的骨头
哪怕我的爱——如此狭隘
又如此悲凉

过云雨，本名郭云玉
1995年生，郑州师范学院化学化工学院应用化学专业。

水蚁

郭思恒

雨前的城市里
灯火一片
没有一扇灯火 是我的窗子
远在故乡的巢穴 明灭的星点

数亿的翅膀 出逃黑暗
渴望温暖 竭力地飞
折了翼的
被雷雨击落在地 或黏在水面
或躺在别人的眼里

为了光明
把翅膀忘在 来的路上
用足爬行 而命运的
窗子 却如何也打不开

郭思恒
1996 年生，福建师范大学文学院汉语言文学（师范）专业。

拾荒者　李娟平

被岁月雕琢过的佝偻着的身躯，
在日光底下照得人生疼
一步一步走，一步一步捡
捡到的，
是别人丢掉的
拾到的，
是别人遗弃的

路很斑驳
时间够长
被遗弃的东西够多
或许整日与蚊蝇做伴
这一刻，
他们穿过深夜的风与雨
“黑暗又下降了”
我站着回答

黑夜在它的眼眶里糅合了太多污秽
就像开了一个永恒的玩笑
它那湿漉漉的睫毛充满了懒意
可它从未有丝毫的后悔和拘束
还有那些抖动着的沙粒在眼皮子底下打战
它却从来没有丝毫办法
黑夜就这么迷迷糊糊地睡着了
四周只剩下呼吸声，一片静寂
拾荒者脚步轻盈，缓慢，赤足
没有任何污秽

李娟平
1997 年生，甘肃政法学院人文学院新闻学 2 班。

海在冬季变得锋利

白珩

像一只孤独的蝴蝶来回穿梭于窄巷，
我在尘霾中的街道漫步五公里后回到原点。
你看，北方的河在寒风中变得沉稳而且安静
等待，每年一次的厚重。垮掉的一代
聚集在星期五的尾部，沉浸于白色烟雾
忘却一切与远方相关的文字。
朗姆、特其拉是我们购买的魔幻药水
口服，不限量，无须遵医嘱。沉潜即自由。
西方文化。现代。颓废。反动。短寿。
我们学习弗洛伊德与萨特，把两性之爱
与五味之好，蒙混过关。干脆利落地离去
以荒谬和痛苦为借口，留下沉默与眼泪，
类似于小提琴手指间的温柔，属于成年男子。
寅时，困扰已久的神秘波段再次钻入耳蜗
它和偏头痛、鼻窦炎是亲密好友，使我避免
过早睡去，以便呼吸颤抖的空气，以便不朽。
“阉寺性”问题提上日程，天亮前文明还在酣睡
远方，海在冬季变得锋利。

白珩，本名白群昊
1996 年生，中国社会科学院大学中国语言文学系汉语言文学专业。

我老是在山上迷路

山石

山厚得像个秋天，在山上寻花，我怀抱着小小的火焰
一朵花开够了就可以跟着风走
但是我不能，太多的东西拉扯着我
比如没甜透的柿子，趴在树上的阳光，蛇一般的路
还有一个等我回去完婚的女人
每次我头上的几根白发颤动（也许是冷，或者，不是）
总有风故意东拉西扯，把远方拉进身体
故事扯得皱巴巴的
那次上山，一棵核桃树招摇着巴掌大的树叶，呼我靠近
我把手伸进它胸口龟裂的部分，有疼痛开始跳动
索性把耳朵贴了上去，他的哭泣我却听不到
我竟想要哭了，和夜里胃痛一个样
还是风，吹落了好多斑斑驳驳的叶子
突如其来，如倾如注，把所有的尊严都往下砸
我猛一回头，好多死叶躺在地上
枯败，腐烂，发臭
更多的，正钉在树上，等待季节的审判

山石，本名雷磊
1994年生，四川民族学院文学院2015级汉语言文学专业。

十月　落风

类似的，我们还有很多十月
花已经有了衰败的迹象
但清晨的阳光依旧明媚
虽然人一下少了大半，或者更多
往日寂静湖畔
此刻也有人静静打量
与我同行的除了一首小提琴曲
还有一只刚刚从树上飞下来的昆虫
直到黄昏，暮色，夜晚来临
我离家千里，离题万里
我考虑气候，考虑晚餐
考虑湖边一只飞来飞去的小虫
但不考虑明天的火车开往哪里
类似的，就像我们下一个十月

落风，本名罗峰
1998 年生，南昌大学公共管理学院公共关系学 171 班。

青春期的中年危机

蒋盛炉

我又在护理学院旁踩到
一只假装睡眠的花猫的影子
月光下的我在阴影里四面树敌
比如埋伏在屋顶的失眠者的失眠
比如醉倒在门口的中年人的中年
比如从未给我回信的女人
比如手术刀刺破瞳孔里的寂静
比如万有引力与我难以着地的孤僻的寂寞
比如把所有的红玫瑰都抛尸荒岛
我登上荒岛企图毁尸灭迹

四面楚歌
潮水安静地舔舐礁石
椰子树给凌晨出征的椰子编织铠甲
所有的鸟类与鱼安然入睡
而我倚靠着缓慢爬升的玫瑰花香
瑟瑟发抖
在我误杀自己之前
我被所有的玫瑰与玫瑰的分身原谅
假装睡眠的花猫
它探出头允许了我的抚摸

蒋盛炉
1995 年生，南方医科大学（原第一军医大学）第一临床医学院临床医学八年制本硕博连读。

天山的孩子

王苇药

我把炉火烧热了，你没有来。
我学奶奶用新鲜的乳黄色的牛奶熬粥给你，
用哥哥的演草纸引火，用夹剪递煤。
可你没有来，
粥凉了，新炸的羊尾巴油沁住了。

我打开门偶遇披麻戴孝的天山，
她在缓缓地吟唱哈密木卡姆，
千军万马在歌声里飞驰而过，
直到一位掐着烟锅的小脚女人
将手指抵在唇边嗔道：
你悄悄哈，我的子子孙孙都睡着了。

我在大河桥上找你，你不在那里。
我看到姨妈和奶奶在给先人烧纸，
滚烫的粉汤滑落祖先的
和她们的嗓。

我在满城的城墙根下找你，你不在那里。
被挖掘机推倒的老房子，从荒草中生长了出来，
三岁的我披着橙色的斗篷，在门口张望。

我在步行街的熙攘里找你，
烤肉摊上没有你，川菜馆里也没有你。
哈萨克小伙跳下摩托，卸下围脖，要吃过油肉拌面；

我一路追你到海子沿的浮桥，游过结冰的湖，
一路追你到哈巴公路，直上天山庙。

我一路追你到天苍野茫，黄沙的脊，戈壁的梁。

跟我回家好吗，现打的馕最是外焦里嫩。

跟我回家好吗，我们还没有一起爬树摘过桑葚。

跟我回家好吗，我用冰建造了迎接你的房子。

跟我回家好吗，我是流着艾德莱斯绸一样斑斓多彩的血的
天山的孩子。

王苇葯
1998年生，厦门大学
环境与生态学院环
境科学与工程专业。

周云蓬

王虓野

你擦起木琴。冷火把
烧毁水坝和村庄 所有的眼睛都亮得像海
布谷鸟消化掉它的身体 云雾
把急匆匆的采茶女
游荡下来。你于是挑起果园
口哨香甜地吹起来

黑夜习惯面无表情。只有当火星
碰倒在灯芯里
你的脸才暖起来 黑夜尤其
温暖 一如姐的胸脯
但很少敞开。你于是转过身去
拿黑夜把黑夜点燃

把初恋的故事讲给妻子。米缸光了以后
就各个走上归程
你于是留下火把 饥饿的牛羊
将寒冬围拢。收音机里
星星流进磁带 你抬起头
泪光流进了星海

一双眼。我只能借你
左边的一只 用来储酒或是
储存阳光
但砍柴归来之后
未来为时已晚。你于是
唱起歌儿来
人间于是 亮得像海

王虓野，本名王岳辉
1998 年生，西南大学文学院汉语言文学专业。

比漫长更漫长的事 拓谷

大雪封山，接生婆慌慌张张
炕下的火苗乱窜，烧得
风和雪原地打转

炕上的母亲疼痛难忍
左手抓紧被褥的单薄
右手攥握住牛棚的干草
牛犊也瞪大了焦急的眼睛

屋外的父亲踱步加快
踏得地上的雪，生疼
食指和中指夹紧的卷烟
冒出母亲子宫生命的轮廓
父亲紧蹙眉头的皱纹里
装满对炕上女人深情的泪水

祖母站在接生婆身后，倒显从容
温水、脸盆、剪刀、毛巾，活活地伫立着
同情的目光堵不上母亲的嘴和撕裂的口子
父亲接受谩骂，也接受我二十年前的哭叫

拓谷，本名刘建男，1995年生，燕山大学文法学院政治学专业学生。

拾遗书

呢喃北海

石榴对梨果说谎之后，我的诚实
形同纸张的干涩。地下室内的潮湿
覆盖着衣冠上稻米味的名词，“祖父”
这个字眼，是跌落至豆豉缸底的陌生
同泪水混合发酵成无固定形状的褐红。
隐秘的分歧，沉浸在我一生的反悔中
恰如失重的比喻逐渐变黑，等候着纷簌
落雪的归期。你我的虚度在这肿胀词间，
失去已是必然。铁色缝补苍茫无尘的
漆夜。你的计设，感情逐渐坠进山崖，但
迟到的也不总是迟到。月色蹊跷的保质
被满纸荒唐的起重一并压缩，疾驰驶入了
静寂。尔后，揉碎的绯红回返泅渡的赤身。
我面向浩渺嘶竭呐喊，企图阻碍雷鸣的干咳
而破败的一切已随祖父塌陷进坟墓。穷极
一生，都努力说着臻言的人，嘴上的“故土”
其实也略带虚假的含义。

呢喃北海，本名肖文博
男，现就读于湖北医药学院
药学院中药制药专业。

冬天的腹地

起飞

当河流成了水域，躺在
枕头旁入睡
握住水面薄雾，由手心向外散发

它们造成假象，以至于看不到泛着
涟漪水面，和漂浮的水草
不同于带着火星的干柴
在低温下面红耳赤

它们是名词，在冬季交配
繁殖
雪花裸露在地上，有温度的凝固
化成一摊雪水
汇入水域，哗啦啦

它们是腹地，当河水漫过堤坝
是无数个灵魂
在淙淙流响

起飞，本名沈启飞
安徽芜湖县人，1994 年生，安徽机电职业技术学院汽车系专业。

从不能容忍到无法饶恕　马抱抱

我是一堆麻烦带给我全部生活
我像一张嘴巴
等失去的舌头重新长出
我是破碎的身体寻找拯救
我收集所有相对的错误
去兑成一个绝对的——错误

我是毫无耐心的提问，与毫无耐心的回答
我双手举起痴心与妄想
我设计了所有的灾害，譬如地震
再如洪水
我是一团乱麻买来一把快刀
还是一身污浊走向沧浪之水

马抱抱
1993年生，扬州大学文学院文艺学研究生三年级。

假设，夜睡了　杨仲原

夜睡了
日光边缘里的老井被迫一点一点地蜷缩
随着水面的雾向群山靠拢
慢慢消散

旁边的木屋早已隐遁
水泥钢筋成群
青瓦在时光里旧成尘土
略带飞扬，以至步入假设之中

那里没有纷乱的世事
有老树，昏鸦。枯藤里有石子
石子之下有温柔乡
把老人藏着的心事深陷其中

儿孙不来，久久不能自拔
落下的牛、鸡、鸭、猪……
成了大地的病根

此刻，晨风打开了田野的柴扉
草为民，鸟声、虫鸣作人事
一只大黑狗从老黑狗那世袭了村长一职
我还在想象着
北京三环内有一块荒地
然后种上一株花，尘世便能聆听到吉祥的花语

杨仲原
男，1995 年 7 月生，湖南会同人，苗族，怀化学院文学与新闻传播学院汉语言文学专业大四学生。

中秋与友人夜宿师大楼顶 （外 1 首） 阳涵璇

穿墙术失效于四九年
最后一个茅山道士的手稿里
从此，没有谁酗酒后张口一吐
就能在杯中升起月影
吴刚的伐木丁丁
其实人类崇敬神明
始于失意后第一次仰望天空

今夜我也需要凝视一轮
胎动的行星
与鲭鱼干煸的胃，经营细长的吻
“心怀骄傲之人，目光必定深藏白马”
今夜，我的马在麓山脚下独自回家

居士

道教徒都不食肉糜
节食的时候，肉丸像台球一样滚着

一点钟吃饭，正好粒粒细数盘中餐
真假两条莫辨的仪鱼，跃入窗口
就停在我杯底，旋转如十月湘江之水

那么南半球会有方向相反的风暴吗
云层里探出密集的鸟爪，滤干光线
连带七四七的呼啸也是低哑的
冷暖更迭是秋天挥退一次衣袖

见素抱朴与镜花奇缘，唐代的气质
搁在时间之表面，因此袖子挽成兰花指
然后暮登天子堂。
你穿越人群的欲望，像解放一排长的尼龙扣

午睡早该起来。无梦的寡淡，何必途中撑伞
去井口打捞一壶，盛有冰糖的梦境

阳涵璇
男，1997 年生，湖南衡阳人，
就读于湖南警察学院法学系。

朗诵 人韦

打开嘴巴，就打开了保险
舌头做的撞针，柔软、坚韧
碰出零星的电光火石
喉结抖动着，抠下扳机
腹中的子弹从枪膛一一射出
或快 或慢 或远 或近
根据射击目标随时调整
荷塘解冻，游鱼透出水面呼吸
柳树植上新皮肤，治愈季节的刀伤
布谷鸟撕开寒冷贴在嘴上的封条……
我的子弹，陆续解放张謇花园
也有硝烟弥漫不到的地方
比如自己依旧被囚禁的无人岛
那里阳光无法抵达
寂寞草一茬接着一茬，肆意疯长
以至于很多时候，朗诵
只是我在清晨悄悄地放冷枪

人韦，本名袁伟
男，苗族，扬州大学农学院
2015 级农学专业学生。

竹竿 张苇纯

一把斧头
从你的身体走过
大地摸不到她的孩子
像是在哭泣

老院子记不清过往
省了一切凭吊

床褥躺在你的躯干上
藏下一对新人的娇羞
一只蜻蜓路过
停下来
打了会瞌睡

你赤裸的关节
没有错过
每一个黎明和黑夜
每一道闪电
和每一场大雪

多年过去
当年的斧头已经迟钝
你消瘦得没了脊梁骨
住在炉子里的火
借你燃烧
忘了啜泣

张苇纯
1996 年生，韩山师范学院中文系汉语言文学专业。

冬天到墓地 （外 1 首） 小小贝

冬天到村庄，风从坟前刮过
坟堆的枯草弯腰，像昨天辞别的亲人
他们生前祥和，死后依偎晒太阳
相约在时光里抽烟、打牌、劳作

路旁植物开始凋落，在夕阳沉没时
让人间多了一层忧郁的霜

半枯的核桃树，位于中央
挡着冬天的温暖，树下棺材入土
亲人哭泣，冬天有人要忘记一些生活
的旧事

东面的墓地，也耗尽山水的欢乐
那一层层贫瘠的黄土，还会被翻过，
打坑……

雪后

下了一夜的雪，清晨六点
村庄寂静得像子宫里发育的婴儿
昨晚饭后，爷爷捏着纸烟
向沉默的月亮借火

如今，他一个人缓慢地生活
爱上闲适的日子。与人蹲在树下下棋
不关心油粮，红烧鱼肉和青菜萝卜
苦难的肠胃里什么都没有区别

雪停的上午，淘气的孩子在门外放鞭炮
爷爷伸手捏了雪球，砸向蜷缩养神的小狗
有几次砸偏了，直到狗摇着尾巴跑了
好像这个冬天他才没有孤独

小小贝，本名赵琳
1995 年生，西北师范大学知行学院学生，中国作协诗刊社子曰诗社社员。

坍塌的壁画　木丰

画有笼子的壁画坍塌了，
封闭的笼子被挤开，
很久以前，笼子的外套是褴褛，
里头是“强盗”，
随着一股风，这里的一切都几乎流光。

风停了，外套尚存，颜色还在，
笼子里的声音却变了，音轨很怪，
“强盗”变成了盲人，
只听得见声音，却看不见色彩，
在另一个笼子里，他做着“拟态”式的梦魇。

盲人在惺惺作态，
他踉跄地走着，工作着，
试图将原来的笼子重组、做旧、消融，
笼子变成了铁，
壁画变成了铁冢。

一个世界在坍塌，
另一个世界在重建，
坍塌的世界锈迹斑斑，
重建的世界摇摇晃晃，
剩下的只是一堆断壁残垣。

木丰，本名王光有
兰州大学历史文化学院中国史专业。

散步记

戴建浩

道路四通八达，便于交往也能
隐藏自己的行踪。墙角风声走漏
一棵树，长成一张脆弱的弓
和危房一同喘息，惶惶，不可终日

衣着暴露的女人，原来也满怀秘密
伺机而动的红唇，经过我

面包和面包车一样，如此迫切
建筑工人指缝间滚烫的烟头
烟过于沉重也越不过屋顶
只见两只鹰在高空，徒劳地盘旋

活着，不过是一种理想状态，类似于盲人摸象
想起世界闻名的散步者康德
终生未踏出柯尼斯堡

戴建浩
1994年出生于广东云浮，韩山师范学院历史文化学院档案学专业。

四月倚着树　藏不住安

身体和四月双双沦陷，如同一场蓄谋已久的私奔。
碎刃割伤睫毛，像淌着血的尸体，出租车里抽烟的少女，和垂涎自尊的浪汉，
温柔地把风揉碎了填进臼齿，一滴泪砸得心脏生疼。
吞食一颗孤独的星星，
把求偶的蛙和独鸣的蝉配成对，像圆规扯开的弧度，
一半凄惨一半圆满。
路灯看见瞎子，在哀号，倚着树，像倚着骄傲，
夜里的树没有根，透支的人不说话。

藏不住安，本名段学娜
1994 年生，西北师范大学知行学院经济管理系会计专业。

三个月亮　*君凉*

热浪一波接着一波
拍打着田野
拍打着村庄
拍打在每一个人的身上

为躲避燥热
我剃光了我的头颅
细嫩的头皮光亮，发白
像夜空中的月亮

傍晚时分，忙完了农活
父亲携带疲惫
和我行走在一起
拐过熟悉又漫长的路口

三个月亮
一个隐匿山头
一个躲避酷暑
另一个
被多年的奔波啃噬掉

君凉，本名付军良
1994年生，西北师范大学知行学院经济管理系会计专业。

石头经 （外 1 首） 从安

世界靠石头来加深自己
刻，凿，雕
在铁器里剃度，石头
方有了佛的肉身
是身
在寻找身外之身。

石头的一生是硬的。甚至
秘密，甚至欢喜
都安然于平缓的脉象
大水灌岸
淤泥里的石头怀藏冥定的玉
而不安
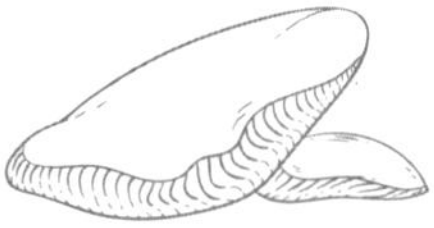
是给石头赋形的人

斧钺记

身体上路。出门或者出家，
被世界锻造。用火锻，用法锻，用血锻
一万担铁卷起裤脚，一万担铁提心吊胆在
元朝赶路，赶到铁木真的兵刃上
赶到胡琴锋利的弦上
命若游丝。铁把命镶进春秋战国
镶进刺客的暗器，镶进皇帝的金銮殿里
一纸诏书。一万担铁卸下一身冷汗，回家
闪电扑打天空，雷声醒来
一万颗北斗星落地，撒下光的种子

从安，本名李啸洋
男，1986 年生，北京师范大学艺术与传媒学院 2016 级戏剧与影视学专业博士研究生。

他听屋子外面的烟火

刘帅

他听屋子外面的烟火，更像
是接触古代的声音，气泡飞腾，
在他羸弱的体内，百事可乐，足球，气体
构成现今逝去的历史

他们，害怕孤独，用微信简短的对话
甚至掷一枚筛子，正方体，发生
多次旋转，六天使在荧屏上
昏暗的光穿透身体

他必须面对绘满牡丹的窗帘，
夜里，他被迫拉紧窗帘，黑暗中的父亲
就在背后，手捧一把词语，或者一条
随脉管流动的长河

他住在透明的塑料杯子中，有时
空调的风把杯子吹落，从桌子到地板
热水洒了一地，悲哀的是，这屋内
没有泥土，烫不死一个生命。

刘帅
1994 年生，北京物资学院商学院物流工程专业。

去看一次日出

朱凌慧

我不坐火车，我怕，只好装作沉默。
要是安检门问起来了，我们在人群中
必须假扮不熟悉，保持距离。
现在是凌晨两点三十八分，晚点
三个小时，刚好差一分钟。
火车去了哪里，但是我的车票
没有过期。我大概是我，又有些迷糊。
我用夜盲症在灯光下，打量
看见的都是张着翅膀的白猫，看不见的
毛毛虫也不会变成小鸟、老鹰
或者是海豚。
指示牌显示——进站中，嘈杂
候车厅剩下嗒嗒脚步声。
你好，我是101号。
你好，我才是101号。
请让开，我才是101号。
我曾设想这是辆绿色的铁皮火车
至少窗户可以打开。
但是我失望了，在玻璃窗中
看见所有人的影子。
几个年轻姑娘，挤在一起
偷偷咬耳朵。

转身时，把白色的瞳孔瞪向我
她们眼线有点粗，没有小腿肚子了
肌肉外翻，是X型腿
她们说——不穿高跟鞋，脚心就酸痛
常常要涂上紫色口红
藏蓝色眼影不能过于清淡。
路过不同的铁轨，我掐紧发抖的指甲。
醒着就很好，不会打呼
取下耳机，像是我把车厢催眠了
用白猫的咒语，从嘴巴、耳朵、呼吸开始紧闭
九十九分钟，咒语的功效。
我和海豚坐在一起，等日出。

朱凌慧
1998 年出生于湖南炎陵，湖南第一师范学院文学与新闻传播学院小学教育专业（汉语言文学方向）大三在读。

自导自演 （外 1 首） 丢丢

我一开口，满朝文武便各有主张
索性脱掉锦衣，横穿带雨梨花，离走京城

在半山腰上，深涧水流倾泻
我吃着馒头，坐在一堆乐曲中细数钟声
每一条水纹脉络清晰、毫不含糊

从屈原到阿赫玛托娃都来辅佐我
我释放灵气，但咬字清晰
昨日梅花还十里飘香
今日的世界便开始海枯石烂

我从未见过大海的全貌
因此说不出爱，也说不出恨
只知在击碎鱼鳞后，波光像飘拂的裙子

突围

压碎我的趾骨，教给我全新的指法训练
踏过宽阔的无名水域，在暗夜中热吻

我们已经忘记柴米油盐
在青草中开展音乐会，在叶子里飞扬跋扈
撕下乌云就可以撇下最后的救赎

我们在火焰里突围，在诗歌里突围
这一季不灭的风声卷着枯枝踏入极地

吐纳浑浊的气息，黄鹂种下罂粟
雨水打湿我，我便重新活来

丢丢，本名吴子璇
1996 年生，广东汕头人，现就读于惠州学院文学院 2014 级汉语言文学专业 3 班。

春天

司马如阳

春天
没有掘墓人
没有一只手伸出来
向生活讨要生活
没有贫穷的芬芳
认得你

流亡的人回家
远方从火车上卸下来
心脏开始跳动
血和泪慢慢温暖

春天小如一颗土豆
母亲用草木的骨灰
种我

司马如阳，本名李婷
1991 年生，南京大学文学院中国现当代文学专业博士研究生。

古怪的回响　乐郊

冬天变得真实，
一切冬天的诗句都已被证明
躺在课本的心窝，谁都想走近去推演
棱角，对称……
冬天是一个定理，长在我们的脑子里
却少有萌动的迹象，像尘埃撞面，
阁楼发霉，鼠王吱吱呀呀
像刀马人跑过荒原，水土不亲
而绝地而起的烟尘撒上眉目
白马逗留，笛声响起，
在笛声深处的长桥下，
几经回旋，煞是古怪……

乐郊，本名黄军
1996 年生，西北师范大学文学院
中国语言文学专业在读。

离开 （外2首） 康承佳

离开，最早是从母亲的腹部开始
接着是祖父的死，草木枯萎
也是其中一种形式

好些年了，反复适应，练习着话别
竭尽所能地拥抱，其实这时候
你的体温已经足够扎疼我
依然目送，成全这最后的仪式感

窗外仍旧是十月，真好，所有人都有秋天
这些年，母亲老了，祖父入土为安
花花草草开了又败，也早已习惯了
只是我开始遗忘，这让我感到有些难过

想你的时候，我又把自己重新拼接了一遍
取出体内潜伏的夜色，给你写信
告诉你，现在是2017年10月24日
星期二，晚上八点
多好，听说，你也一样

出口

你在去年出口处，坐着
像一个，没有完成的比喻
人流在远处依次分行，再往前走一走
似乎就是冬天

给你写诗也仿佛是已经过去的事儿了
生活只是愈演愈烈，我们身在其中
无一幸免，还是幸运，久别重逢
依旧可以说些昨天的话

再等一等吧，当我们从身体里克服冬天
留下空旷的局部清澈见底，深入人世
把剩下的微薄，归还母亲和土地
完成对本质和衰老的成全

那时候总是想，善良的人们就应该
彼此遇见，在武汉尤其如此
一些不为人知的认真和热爱，让你变得
比接下来的每一场雪，都分外好看

轻

像法国梧桐叶子的落下，离开
是唯一的立场，是你的，也是我的
广八路人群拥挤，明天也一样
穿越他们的过程中我变得很轻盈
自身的轻，难以确认

那是恍惚的时候，一仰成冬
一场雨似下非下，云雾蠢蠢欲动
一念生，一念执着。来历不明的风，摆开
你游走疏离的幅度，武汉在冬天里
也因此，比蛰伏的语法更动人

冬天庇佑万物，也包括我们
一切都变得清浅，变得无关紧要。这时候
深爱，变成了一个自我求证的过程
我和你依旧无所事事，但信仰着
所有的轻盈

康承佳
1994年生，重庆人，武汉大学文学院汉语国际教育硕士研究生在读。

在黑夜　靳朗

在黑夜，我等着最后一滴时光逝去。
最后一盏灯熄灭。
最后一片叶子自取灭亡。
最后一滴热血冷却。
然后我醒来，戴上面具
走在日光下，
光天化日，我和众人一样。

靳朗，本名靳文鑫
1996 年生，女，汉族，山东曲阜人，现就读于青岛科技大学传播学院广告学专业 143 班。

非铁轨本意　乖乖魔孩

铁轨定难料想 尚未进村扎寨
梁下绳圈就套走这个阿公的老命

铁轨后来越听越信 它运来的
一桩坏事 儿子钉子般逼迫 阿公守身如铁
死也不交出占地分款 做了个富死鬼

众口铄铁 铁轨再也不信
自己的本意是运走一列迷路的诗
就像诗人再也不信 血色的锈
能让铁轨获得假释

乖乖魔孩，本名师国骞
1996 年生，云南师范大学文学院
2015 级汉语言文学专业在读。

与父诗 小苍

不能再低了
再低，就低入了土地
低入了百年后你的魂居之处

华发早生。
在没看到你的白发前
我一直把这个词语当作一件趣事

四十岁后
你依旧可以上蹿下跳
从一块田地跳到另一块田地
从一个孩子的生活跳到另一个孩子的生活
唯独，没有跳出这个禁锢了你四十二年的村庄

已经到了不惑之年，你说
自己是土地忠诚的信徒
“但求风调雨顺，一家平安
百年后我葬于自己的土地之下”

小苍，本名赵迎辉
1996 年生，河南机电职业学院信息工程学院计算机应用技术专业在读。

莫奈 今后

此刻，这世上所有的嘴唇都向我聚拢
所有的舌头都抵住上颚，叹息——
莫、奈——
我又一次失去了你

我想象在空无一人的展厅，和你单独遇见
你知道它就在那里，莫奈
像一面镜子，等待着它的君王
我想象你的红焰、绿萼、羞傲，触碰起来
像一片毛茸茸的草场
我想象颜色浆焰从纤维质中炸裂，犹如
一场火山爆发

莫奈，我还未曾见过你
却像早已转身，错过了一万次

阑珊夜色将你包裹，像是黑矿石
掩盖下的水晶。光芒，就从夹缝中泄漏

我了解你颜料的堆积处，就像
我了解空气的起伏。
那些画面的凹凸转折，多像我们
走过的，这一场人生的坎坷

而你只寥寥数笔，而我
不过喋喋数语

莫奈，时与间的分毫已将我们麻痹
可生活，它巨大的沟壑，永远陈尸其间

今后，本名尹洋
1997年生，四川大学历史文化学院2016级历史基地班成员。

陶先生的前二十年　王小康

天色大暗，甘南到陇中的路就隐没。
麦子熟透之后改朝换代，
人开始流浪，野狗夹着公文包。
陶先生的前二十年，脚下一直是山，
胶鞋与布鞋同台歌唱。
初次啼哭时，襁褓都已是他乡。

陶先生应该有一份爱情。
师言："新娘的舌尖上有一只蜜蜂"
于是这件事物甚于蜜饯：
具体到洞房花烛——
梨涡里装满生活的美意。

洮河水来来去去，
陶先生生出胡须，也帮人老去。
阳是儿时，阴是老去。
阴阳不停歇的时候，六月里
陶先生跟一块面包谈理想。

王小康
1997 年生，定西师范高等专科学校人文教学部语文教育专业 1 班。

恐惧 （外1首） 胡游

在自习室回寝室的路上
我走路带风
不小心踩到一只鸟的翅膀
踩到一声尖叫
吓得我把脚快速抽回来
别怕，你痛我也痛
而我隐藏的那些恐惧
不会发声

根雕人

他首先要把那一堆挖回来的老根
看上三五天，看环肥燕瘦
然后把她们从头到脚抚摸一遍
试图解开千年的心结

他爱上了这些死去的老根
它们曾经枝繁叶茂，青春飞扬
这是他的骨头
是埋在泥土里的闪电
百年后，他也期待后人挖掘他的故事

其实，他不是什么艺术家
他只是在颓废的木屑里活着
但是，只要他找到一种喘息的机会
就会对腐朽的生活开刀

胡游
1994年生，广西民族大学传媒学院2017级影视文艺理论与创作专业研究生。

在灯光中辩解火光

衡友山

所有的远都变为海

要雪重新上升
一定要眼睛永远闭着
用祈祷而非风筝
解释这接住空旷的双手

这被梦到的 也要被墙关上

也用他全部的形状积攒
他仅有的意义
让小麦付清悔恨的同时
知识也训练无知

在他的虚无上 成立他的缥缈

而他的地理缠绕于我
并且定期为我的贫穷浇水、存款
直到他的天气不再营业
在雪的拥堵中 所有舞蹈都已空无一人

衡友山
1995 年生，香港科技大学生命科学 LIFS 细胞生物学专业在读。

起风了　须曰

仿佛
每一片起舞的叶子
都能瞬间开出花
每一页走远的纸
都能慢慢长出诗

每一只风筝
都有背井离乡的义务
而我只要拥有足够肥大的袖子
风就能将它们变成翅膀

须曰，本名黄若雪
1995 年生，香港科技大学生命科学 LIFS 细胞生物学专业在读。

三月 昭昭

蛇把蜕下的旧皮留在原地
树根在地底下胡言乱语，在三月
欲望和谎言与花木一同生长
它们以新生的名义
重复旧年难解的命题

一场又一场黏腻的春雨
是情人的眼泪
也是午夜里沾湿枕头的口水
它把恣睢的枝条滋养
为躁动和不安
投下阴沉的面影

你钻到土里对着蚯蚓低语
张开嘴时却发不出声音
纵使语言在你心里是灵动的蝌蚪
当它跳出池塘奔向别人时
就变成了丑陋的蛤蟆

三月是一只肿胀的乳房
把新愁旧怨一同哺育

昭昭，本名赵莹
1995 年生，扬州大学文学院
汉语言文学专业在读。

故乡和村庄　鲍伟亮

村庄很小
仿佛是故乡的一只麻雀
五脏俱全，再容不下半分痕迹

磨刀霍霍。霓虹射线
根据维特鲁威的设计，对故乡
精准切割。麻醉苔痕难言的痛

终于，春风吹走了故乡的痕迹
村庄和故乡捆绑在一起
白发，与一壶老酒，勾兑记忆

登高望远或是经过了一场雪
将摘除村庄时留下的疤痕
拿出来晒晒。记忆有些生锈

村庄啊，我在南极点，你在北极点
我是南极上一粒格格不入的冰碴
一直告诉风，我是您的孩子

鲍伟亮
1997年生，临沂大学机械与车辆工程学院车辆工程专业在读。

荒原里你的名字

秉汐

记得你说过
每当黑夜的念想被悄然引渡
河流也只不过
是时间的又一个影子

你说
那个残破的小木屋
一直自称是个
阅历丰富的受害者
他的每一截腐朽
都象征着一场疼痛

那个锈搪瓷杯上放着破瓦
漏下的雨水还未滴穿
造访的蜘蛛
勾结那里的灰尘
制造时光的假象……
一个不可言说的
——蚊虫为之沸腾

墙上的旧报纸
早已被津津乐道
的记忆
是欢乐又一次被时代偷换

想想那些遥远的日子
幸或不幸
都不会再有所充斥
毕竟怀念已经木然
拥有也不再是奢侈

当然，那时没有荒原
也没人记得你的名字

秉汐，本名许犇盛
男，1997年生，台州学院生命科学学院2016级生物工程专业。

寒山僧踪（外1首）　冰又可

大雪覆盖青山
山间沉寂
只有几只鸟飞上飞下
走在石板路上
闻到雪松的气味
也闻见白雪的气息
睁开困倦的黑眼睛
看看路上的雪
再看看地上的两只黑鸟
看看冬天的山
然后一直走到山顶
推开木门
再关上
隔着窗户
再瞧上一眼来路的雪

夏夜的味道

站在阳台上
黑暗的地方比昨天要多一些
明天可能会更多
（这样的话，从窗户望出去
会不会更加寂寥）
昨晚下过雨
空气闻起来很舒服
这种味道使我想到很多很多
但又不知道说些什么

冰又可，本名张洋
男，江苏泗阳人，1993年生，现就读于淮阴师范学院城市与环境学院人文地理与城乡规划专业。

鸟笼　　晓梓

我在编织一个鸟笼
像编一个筐一样
阡陌之间
纵横交错
分明的纹路
都是像在剥离自由
我交叉着
我转离着
我仿佛听到了那只麻雀的哀鸣

做一圈边
像一把锁
锁住你要逃跑的渺小的希望
一层一层
一道一道
这是你的家
这是你的坟
这是你视线里的天空

晓梓，本名葛尔沼
1996 年生，聊城大学文学院汉语言文学专业在读。

牙膏小传 （外 1 首） 居昕

柔软是它的污点
而在你身上这成了一桩美德
藏污纳垢时，并不意味着
你们的洁白是种罪

我们如何陷入毫无弹性的生活
早晨开始，执行作为泡沫的职责
收缴昨天许下的诺言
但拿捏不到位，就有可能

被访问的麻雀吓到
是的，我们甚至还被永恒的利喙挑破
为什么我听说，这实是一件幸事
只有我们涉猎过江河与阴沟的衷肠

卷尺

几个小人在时间刻度上加班
老人停止呼吸后
待命在铁轨旁的另一群小人
丈量起老人足宽

打更的老人被一盏油灯牵向野外
像去寻找一个新生
做爱的年轻人，深夜电台一起喑哑
等着一个蓝色的提示音指示下一步行动

回放！这里，少了一个世纪
但另一个假期，柴可夫斯基见到我们在露珠间跳跃的片段
不用剪去

居昕，本名郭建豪
1998 年生，深圳信息职业技术学院交通与环境学院园林工程技术专业在读。

暮年 冷瞳

书柜上散发着霉味的植物开始脱落

它掉下一片时，我的手杖对着
松动的髋骨狠狠地敲打一次

它的另一片掉下时，
藏于书页里
我收缩如铁皮桶的脑袋，
被一条缓缓扬起的围巾死死缠绕：

“清空账本？试着放下荣誉？繁殖你廉价的回忆？”

……苍茫暮色中，
我对着布满裂纹的镜子摘取坏死的眼睛；
并将年轻时在原州城西某个地摊上淘来的一块石头
伸入可怖的镜子！

而后，窗外密集的雪将弹起、上升
迎向深红色的炼钢厂

冷瞳，本名杨阿龙汉，1995年生于宁夏海原，宁夏师范学院外国语学院英语专业在读。

为过去写点儿不相干的东西

杆尘

第一次身临其境的怀念过去，两头羊，终于走失
或者失去一个群体的悲伤，在布达姆，夜色迷人
斑马寻找爱情，我们暂时多余地认识彼此，只是因为
这飞逝的空旷，在相同的某个地点，呼吸困难
落石足以留下一场悬空的金雪，靡靡吹着
瓶子开始发烫，我们握紧的是这劣质的温度
不必暖手。可能也无关于回忆和几行小诗。
一些应该离开的东西，一些人，却感到历久弥新
反复去追那只蝴蝶的翅膀，而翅膀飞到手里
骨头发呆，璀璨的光芒会像眼睛一样流血。

杆尘，本名曾庆
1999年出生于重庆，广西民族大学相思湖诗群成员，就读于广西民族大学2017级政管学院政治学与行政学1班。

关于“一个男人在荡秋千”的句法分析

吴枝

我看见一个中年男人在荡秋千
主语 施事 受事 宾语 或者动词
是的，他穿着花衬衣和西服裤
笨拙地攀缘着锁链的两段向上
飞翔， 却再一次回到原地
童真们在旁边欢声笑语
它们很轻，连羽毛都不能承受
过往的烟火也不忍打扰
于是他们可以笑着，向上
可是男人
他越想借助秋千摆脱定语“中年”的修饰
就越落回“中年”修饰的句子中央

吴枝，本名范圆圆
1998 年生，安庆师范大学文学院汉语言文学专业在读。

饥荒 叶非

我从不放过火堆里挣扎的种子，只为果腹。

生命形态上的干枯，宛如雨点
捶打我的头颅。譬如流星，数万年前遗留的轨迹。
譬如朝露，你昨夜丢失之呜咽。
流亡，不过是代名词。你脚下的泥土，耳畔的风都是
荒岭的孩子，你的妻子。
所谓温存，是作为看客，观赏叶的飘落。
抚摸它，炭火不可察的垂老。你向来是风雪里孤立无援的草，墙角摇摇欲坠的影子。
你，是我。
是我怀中隐匿的长夜，烧灼我喉头的一场饥荒。

天凉了，天凉了。不知返，不知返。
将军号响裹挟翻山的羊群。一粒焦黑的种子，用力地
跳入火把。

叶非，本名张炼
1996年生，就读于成都文理学院会计学院会计学专业。

二月的故事　阿西壹布

空荡荡的二月 迷蒙蒙的二月
与你相遇在二月 分离在二月
二月是一个“多事”的季节
斑马嘶鸣不可离去的季节
羚羊低声哀叹心碎的季节
今年的二月可是个不平的月
石秋波惹上的树 叶掉得光光
牦牛皮垭口积雪堆满
二月将要水流缓缓不断季节
鸠摩万劫的山 陡峭的白皑皑
二月将是冷冰冰的月

二月分离的那天
定好了一个归期（二月三十）
孩子们可记着
七月半生不熟的杧果
或许今年的七月 以后的七月
孩子吃不到半生不熟的杧果
可怜的孩子们
还在等着 七月
半生不熟的杧果

阿西壹布，本名肖斌
彝族，1994 年生，云南丽江人，贵州警察学院 2016 级计算机应用技术专业在读。

书掉地上 （外 2 首） 李倩倩

书从书包的缺口里掉了出来
书包没有拉上
刚好露出一个够书掉出来的缺口。

书掉到地上
书不是动物
不会疼
所以不会喊疼
书不会喊。

书很轻
因为每一页纸都很薄
书有三百多页
可是依然很轻。

书掉到地上
没有发出声音
也可能是因为四周的人都在说话
没讲话的也都在呼吸
还有车。

所有的声音加在一起
盖住了书掉到地上的声音。

不知不觉
书就掉到了地上。

书很轻
没有重量
所以背书包的人不会感到书包变轻了。

于是不知不觉
书就掉到了地上。

镜子

镜子，在孩子手中
从里面看见，许多许多
只有一个，一个和多
一种颜色，折射，分解。光
和镜子，许多许多的
造物。反映和直觉

玻璃珠子，一种游戏
交换或购买。弹跳
智慧，不是智慧
是远居的王国

仆人，乔扮导师
出逃，带着一滴水
消失于气象学

疑问

什么是骨刺，疼痛
皮肉之苦
是不是一种虚荣
什么是伤痕
烙印
是不是一面镜子
什么是我

那带补丁的帆，渐行渐远
他半躺在船尾，守着罗盘
水手，船夫，大副
什么是头脑，如何醒来

狂风从哪里来，暴雨
火山，和瘟疫
第一颗有毒的种子从哪里来

那些没有战胜正义的邪恶
到哪里去了
流亡，他们在流亡
苦熬，谁，在苦熬

李倩倩
1996 年生，四川大学文学与新闻学院编辑出版专业在读。

不安之水 （外 1 首） 贾假假

在故乡，庄浪。倒掉一碗水，你说。它会不会
借此，向东逃去
一碗泼出去的水，它把自己想成一条河
使劲地，使劲地在黄土上蠕动
我，久居地理上的高原。二十年，怀疑所有的水
把自己想成一种瓶子，把头颅骨拧紧了
拧紧了活着
用井，用桶，用洼，用舀，用捧
用接，用歇斯底里地喊
去活着
二十年，我与这流逝之物的对抗一直在
持续着
比如，一次次从滴答的夜晚醒来
比如，一次次发现。水缸里的平面
竟然在
微微倾斜着

镂空的雪

雪夜趋行的人，会不会存在这样一种摔倒的可能
他就此深陷于：雪，这一粒词中。并且一直
往下陷

有没有这样一种可能——

雪，被我说得过于精致。以至于，它的内部远远
大于了本身

贾假假，本名贾昊橦
1994 年生，天津城建大学土木工程学院港口航道与海岸工程专业在读。

听母亲讲起过去

天涯

午后，我和阳光一道
伏于炕沿

刚刚睡醒的母亲，仿佛一口井
在干涸之前却频频想到丰盈

当她说到村里，睿智的老人们
总是提前把打好的棺材放在屋里

我竟无法看破，一个迟暮的女人
想到死亡时那种自然的平静

此刻，一个村庄的声音
正在窗外随风凝聚

我的父亲还在院里，弯下腰
砍着人间的柴火，踩着人间的土地

天涯，本名何拦伟
1996 年生，太原科技大学经济与管理学院市场营销专业大三在读。

夜 何清音

每个盗梦的孩子
都潜伏在月亮里
清辉的眼光扫描着
城市里每一条发烫的血管
用四个轮子滑行在里面的人
早早地关上了窗户
流浪在里面的眼泪从某个
断点
漏出一个又一个梦境
盗梦的孩子一把抓住
在换了人称后
在眼光灿烂的日子里
写成一首诗

何清音，本名田宇
1998 年生，长春师范大学文学院汉语言文学专业在读。

春夜记事 任如意

西伯利亚的寒冬之后海鸥返乡
分水岭赫然截断你含在口中的句子
春潮拍打着岸反复搁浅一朵桃花
解释无用。遇见的故乡终不是故乡
树上樱桃也不是同一种樱桃
晶莹的方可入口像把心事交付于她
掏出果核才能换得果核
你在一月埋下郁金香种球
三月就开花。长久地爱并非容易
仙人掌生命长久，也多刺

任如意
1995 年生，云南师范大学哲学系宗教学专业研究生。

日记 · 劳动　水泥

当整个下午过去，我还在翻弄着
泥土，你的肌肤
那些愤怒的杂草，挤满了表面
这是无力的证明

风从田野而来，不再被捕捉
像种子不再被种植

而我们仍接受着泥土，除了荒芜
也就无所选择。我们不能抵抗
让灌木高出土墙
就如我们来不及阻止你温度的遗失

夕阳就已经
在我们身后迅速坠落

水泥，本名陈坤浩
1995 年生，肇庆学院文学院
汉语国际教育专业学生。

冬日绝句　宋浴

1.

整个午后一直静坐
太阳把我们从一条线照成一个点
再照成一条线
反复折叠又拆合
某些私密就藏不住了
例如，臂弯里隐匿的寒冷的白

2.

风一吹，陇东就更薄了
我隔着窗给你们讲故事
猜不透的结尾往往更有吸引力
这里的每一天我过得很贪婪
我会恋上一株野菊，也会爱上一枚红山果
偶尔，痴情于未落的一场大雪

宋浴，本名赵志文
1994年生，陇东学院文学院
汉语言文学专业在读。

卡夫卡，我们回不去了 樛木

卡夫卡，我们回不去了
这光怪陆离的生活像一张网
覆住了层层叠叠的隐喻
却让时光之水四散流淌

我们回去的道路永远消逝了
一座桥坍塌在昨晚的月光下
隐喻的世界里只剩了一条路
通往寒冷的城堡和无尽的荒芜

水在这里断流，鸟不再飞
——你用目光说完这句话
然后推开了城堡的大门
雪地里徒留疲倦的脚步声

樛木，本名魏世奇
1996 年生，绍兴文理学院元培学院经济管理系法学专业在读。

黑乌鸦白玫瑰 寒凉

黑乌鸦被判了刑终身监禁
白玫瑰碎了心丢了魂
世上有很多的路
然而在黑暗里
一条大路通往黎明
一条大路掩盖黎明
候鸟飞过那里
也会忘乎所以
想要试图解开囚禁
黑乌鸦缓了刑
白玫瑰红了心

寒凉，本名韩扬
贵州大方县人，1998年生，六盘水师范学院数学与信息工程学院经济统计学专业。

白雪缀满街头　龙健

白雪缀满街头，梦却牵走一堆冻死的骨头
老人暴露自己的年纪，葬身火堆或火焰山
秋天淡淡的嘴唇染红森林，我们秋收冬藏，
蚂蚁是聪明的动物，或许转身就变成了人。
乌鸦只会暗啼，在灵魂归去的祭祀上，
流下几颗黑色的眼泪，
我们刚路过绿肥红瘦，似乎穿越一生，
黎明之后还是黎明，黄昏过后依旧黄昏。
我们是好孩子，是阿妈的好孩子，
我们要永远听阿妈的召唤。
即使在贫苦日子里，在词语被边缘化后，
那没有绝望之前的一粒阳光，
径直照在只有一丝血迹的苍白脸色。
我们还是一个人，或许泯灭良心时，
我们是英雄脚下的灰尘。

龙健
1994 年生，西南民族大学电气信息工程学院电气工程及自动化专业在读。

葬礼

罗紫晨

此起彼伏的哭声
吵醒
子夜熟睡的禾苗
梅雨时分的水
攒着
补给眼睛下方的
两条河
一条浇菜地
一条灌田亩
香纸烧出一粒谷子
变黄的长度
余下沉重灰烬
连根拔起
夜里插好的秧苗
那只沾满泥的手
躺着一动不动
昨天它还拿一柄
长锈的镰刀
在门口的枯树上
刻下一圈年轮

罗紫晨
1993年生，中国海洋大学文学与新闻传播学院比较文学与世界文学专业2015级硕士研究生。

走失的马 （外 1 首）

李继豪

他的马儿走失于一个白天
或许这不值得伤心，伤心的是
在许多阳光普照的圆圈之间
找不到可供落脚的阴影
（他已习惯用马蹄触摸万物）
如果不曾爬上过马背，如果
不曾经历一人一马，仿佛
在饥饿的人群中昂首游行的日子
（不过是夜游在无人的曲径）
泪水就无从流下，当他深吸着
低处浑浊的空气，胸腔发出一声闷响
和那匹走失的马儿一模一样
他开始担心他的马是不是死了
他开始怀疑，他是否拥有过那样一匹马

他们中的另一个

在今天，他们更容易爱上
酒精，黑白照，怀乡病

爱上自戕的伤口而不自知
当黄昏笼盖城市，众树歌唱
他们把影子吊在墙壁上
隔空一问：“你为什么不流泪？”
而此刻，他们中的另一个
在火车站，捡起一截熟悉的烟头
火星闪烁，眼眶熏得微微潮湿
在今天，他们的现在，昨日的
旧报纸在日晒雨淋中老去
房屋在万家灯火中空着
一切就像历史，他们中的另一个
被绿皮火车吃进去，再吐出来
在今天，他们也爱着绿皮火车

李继豪
1996 年生，华中师范大学文学院汉语言文学专业在读。

嘉陵江畔

清风子

苦行僧在河岸，顺流而去
但他已经离西天很远了

行人都愿做清闲的和尚
顾不得念经
涌着去偷佛祖脚下的灯油

广场有音乐
急促地流入，河流
浑浊起嗓子
昭告太平盛世

茂密的森林
枯萎季节脱去的水泥皮
每一座楼是一棵树隆起的坟

清风子，本名张攀
1994年生，陕西师范大学新闻与传播学院2014级新闻学专业在读。

乌鸦

李姗

双翼舒展便是夜色荡开
荒野沉默，连石头也不敢低语
我只能看着太阳在她面前倒伏
雾霭成群结队，纷至沓来

凄惶遮了那眸子
更深露重，忍不住伸手为她拂去
她一怒
将我撕成经幡，流逝在风里
再一怒
风就碎成音节
碎成破落的代码和频率

感官在另一种语境里止息
明天在昨天就已死去
可她从来慈悲为怀
渡我以怯
罚我以爱

李姗
1995 年生，重庆大学新闻学院新闻学专业在读。

生死疲劳　姚璐

我爱过陨石、银色子弹、木桌和狼毒花
也爱物体的流线形状和重量
它们的感性痕迹比如数理方程式
照亮了我呈现出的私欲和屐齿

故土的溪水流淌在海鸥的声带里
木桨上坐落着待食的飞鱼
一切静谧如母亲仰视的银河系
多么闲情，多么逸致，又一次次
访问我的灵魂，来去之间验证着
古人留下的牧歌和哥德巴赫猜想
我孤寂时，便以此为伴，偷渡红尘

旷野的花香与人间烟火有相同的契合度
拂来朱红饰物和关于路途的愁思
多少个夜晚，我只能停杯投箸
孤独着穿过广场和臃肿的霓虹灯光
欣赏击落白鸽的流行音乐和街舞
在喧嚣中找寻即将发生的火灾、地震

姚璐
女，90 后，兰州财经大学
会计学硕士在读。

海底捞，观看一场变脸有感 阿Q

川剧只剩下变脸
和喧腾的音乐
秦帝国只剩下兵马俑
和一个屹立不倒的曾经
端午节只剩下粽子
和汨罗江咕咕的流水
我们丢失的
指南针找不到
格诺纳斯找不到
最最先进的GPS
也找不到
现在，GDP
赶上了盛唐的模样
我们如此富有
竟也如此贫穷

阿Q，本名屈赴赴
1994年生，西京学院商学院物流管理专业。

平桥意象 东流岸

光辉倾斜，这把光阴的咽喉
锁住了平桥的事物。
那马厩，马皮，草垛
落在彼此的腰身，
寄生在弯弓的月下
找到回家的路。
晨昏，你是牛羊的口食。
我的诗歌，谷粒，稻子
含在她们口中。我坐在桥上看风景
她飘飘经过我的眼睛，
嚼着那股香气。
她化在我的嘴里，弄疼
我的心窝。
午时，我拾起一棵柳树
睡在岸上，
我梦见一只蝴蝶
高高飞走了。

东流岸，本名张东
1995 年生，贵州理工学院电气与信息工程学院电气工程及其自动化专业在读。

还福* 小黄鱼

终于到了这个时刻
白色的风从大地落向天空
我们自远方归来，闲置并身怀预谋
谎言直指山岳的腹地

在山路尽头，脉络深处每增加一道弯口
老树的年轮会画多一圈
我们出走的足迹便完成一个仪式
——此时，人们收割鞭炮，把代代相传的咒语挑于肩膀

墓碑安置山上
正如初生伊始姓氏悬于头顶
年前起下的福愿，年后一定是要还的
时候到了，便备齐香纸蜡烛，好好拜上一拜

起伏的记忆扼杀在待燃的纸钱里面
就好像斩断身体轻盈的部分
把多出来的阴影，一半托付给散尽的白烟
一半交归于翻新的灰土

我们总保留有一些话语，不涉及天气
说出来天地肃穆，日子变得寒冷：
“久别当归，一事无成百不堪。”
“先祖父在上，不肖子孙，敬香三炷。”

* 还福：客家习俗。在当地，年前家人拜神时祈愿，为出门在外的游子起福，保佑其一年顺顺利利，子孙归家便还。若一年始，则年年终。

小黄鱼，本名黄禹铭，1996年生，广东医科大学东莞校区公共卫生学院预防医学专业。

游戏　宋一贫

自然是没有道理可讲
我和父亲成了一对雪人兄弟

雪花落在我脖颈的时候
我仿佛度着一个痛快淋漓的热夏

而我知道父亲还留在这里
这儿，一场寻常的大雪

春天，母性会把父亲感化成一滩死水
一点一滴都有血有肉

他现在要留下用他年份已久的手
给自己再造一个身躯

光一并打在了他的身上
越发苍白有力

而我知道父亲还留在这里
这儿，有过一个造物主

也有过一个救世主

宋一贫
1997年生，辽宁财贸学院设计系环境设计专业。

迟子建的山河　柳下舟

用铁锤，把一个又一个夜晚
敲进迟子建的文字。
铛，铛，铛，铛——敲破，
耳朵能听见骨关节碎裂的声音
像是遥遥地从额尔古纳河右岸传来
像是来自苍茫大雪里群山之巅的呼唤
如果非让她，为残骸寻一座墓穴
那得是晴朗日子，土豆花盛开在遍野
想象一班开往漠河的城乡公交
装满疲于奔命的面容——
教师，司机，棺材匠或临产的孕妇
她让所有职业，忘记了用凤仙花
漂染指甲的日子。那些被刻意抹去的文字，
在灯火热泪中被洇湿成月亮和山河
她说，把哀痛藏于皮肤之下
不让任何一只蚂蚁闻见猪油的味道
她说舀瓢清水，在除夕夜
洗去经年累积的灰尘。
公交到达终点站，我爱上了下雪的鬼天气
也爱上，把被雪覆盖的北极村
当成自己的第二故乡

柳下舟，本名万健强
1996 年生，南通大学文学院
2015 级秘书学。

如果考虑雨水击中泥潭 （外 1 首） 祈尘

如果由他
来形容我眼前的雨
他首先会掏空这雨之外的事物
——我的手指冰冷的触觉
远处朦胧的工地
这雨只能从虚空
落入虚空

如果考虑雨水击中泥潭
或是打湿行人的靴子
就必须得考虑曾经发生的相似的事
必须有一只词语之虫，把这雨的内核掏空
使它成为虚构

东方人的雨飘零成日语的十七个音
普鲁斯特的雨
在踏脚石的缝隙中飞溅

而此刻的雨，和所有的雨一样
是独一无二的
像赫拉克勒斯的河流

雨使花园的玫瑰鲜艳
也淋湿了玫瑰这个词

如果由我来形容这雨
必须使它恢复重量、充满体积

每一个雨
必须在腐烂、蛀空前落地

胖嘟嘟的，这些雨充满生命
改变着事物本身，而不止是事物的形式

早年的博尔赫斯

这时的天空还不是哲学的天空
晚霞中秃鹫在飞
这时的秃鹫还不是巫术的秃鹫
它们的伤感是季节性的伤感
一切都是切切实实的
贝纳雷斯是一座真实的城市
还没有被许多座城市的名字砌成一座迷宫

狮子尽管恐怖，却仍是一头有血有肉的狮子
蓝花楹和金合欢尚未成为颜色的象征
花间还有露水，既不预示偶然也不预示必然
镜子尚未映照一切
而只是折射着一个具体房间的侧面
桃花心木中的火虽未停歇
却也尚未远离潮湿的木头

这时的博尔赫斯开始幻想另一个博尔赫斯
但是尚未有另一个博尔赫斯
开始幻想这一个

一切都只是刚刚开始
诗还在韵脚中突围
魔法刚刚练成
还不能放开手脚、点铁成金

祈尘，本名王年军
1992 年生，北京大学外国语学院
世界文学研究所 2016 级硕士。

秋赋

风语

刻意遗忘的人，北风入境，正偷渡你我
严防死守的边境
斑驳的古树，老朽的木房子，休恬的狗，以及秋草一样
摇摇欲坠的人儿。时空静了下来

泡它一杯，清淡的茶
用年轮反复圈困的命运。氤氲的香气里游出了，成片的鱼，在河道里
消失多年的鱼啊

更深处，组成它的部分——
一个个细小的微粒是
一个个曾在此长久停留的，欢笑或哭泣
的面孔

风语，本名宋浪
重庆秀山人，1996 年生，重庆第二师范旅游与服务管理系房地产开发与管理 1 班学生。

向一场雪忏悔　郝富成

面对一池荷花就像面对一场大雪
想起它们从刚冒头到瘦骨凋零的一生
时光的磨刀石将它们最后一点残存的绿
也磨成了灰烬
暗藏的湖水，隐形的痛
我路过满地的秋风
吹裂的伤疤。而我却无法面对
父亲那一头短发。日子久了
即便是短发也会出卖父亲隐瞒多年的
秘密。我不敢去想象
父亲站在大雪天里的样子

因为我害怕
害怕我来不及向一场雪，忏悔

郝富成
四川达州人，1995 年生，四川传媒学院艺术设计与动画学院 2016 级艺术设计专业在读。

梦境 不道归来

我们总在重复的月份做相似的事
写诗 相爱 捏造人类

却又在不同的泡泡间 被抛来抛去
像一粒毫无重量的松子
一个碎了，又进入下一个

有人偷偷。在舌尖上凿出一个洞来
用以停泊，他新扬起的白帆

不是来自彼岸，更不是此岸

只有此刻。我才能偷渡上那条船
瞎眼的船长喜爱收集猫的尸体

我拿了一口袋新鲜的霉味，交换来
通往下一个平行宇宙的钥匙

这地方没有你。一张纸切我为两片
我柔弱地流出汁液

风声如锁链，从脑子里穿过去
我被那块滚烫着火的大石头唤醒

身下蓝色被单上。依旧有火车驶向海底

不道归来，本名刘卓
1998 年生，南京理工大学公共事务学院社会工作专业在读。

断代史（选二）

尚瀚宇

一

就好像我是一首无人认领的诗
躲在一瓶朗姆酒之中越冬

世界是一条不知归途的窄径
雷霆囤积在砖瓦凌乱的广场一角
来自汴京的一一二七年 和
莱克星顿的一七七五年——

我们漫游 似两支雨中疾驰的箭

二

你不怎么说话 用浸水的山石
烹煮苦棘、树莓与断代史
往生与来世在烽火中相互看见

全然不需要什么证明 二十四史
也不过是剔除芒刺的谎言 屠刀
骨，肉，鲜血，英雄，分不清了

一曲兵车行 照亮遍野孤魂

尚瀚宇
1999 年生，安徽农业大学人文社会科学学院汉语言文学专业在读。

春日帖

吴发军

我来新浦的时候，樱花已走上枝头
城市的道路，不断分叉，重合
那悬空的蜘蛛，布下陷阱
像一则警示

有谁清楚我的体内
有过潮湿，有过泛红
在春天的天鹅湖
我绕着圈子，像自我的定义与否决
我想起四散的亲朋，像一滴
重摔于地的水，有微妙的联系
有不同的方位

春风拂过，每人都有结局
木嫁于绿，花嫁于香
白日打开的灯光，是存在
还是虚无？像你
高墙外，给我界线

吴发军
1996 年生，贵州航天职业技术学院电子工程系通信技术（三网融合）专业在读。

铅笔或笔记本　墨境云烟

我画过水声，画过森林，画过森林里折断的树木
几声鸟鸣荡出的纹路，静止于切开的两面

后来不画了，笔芯却常有回音，树木借以某种形式活过来
炭黑的小字在本子沙沙作响，泛黄灯光下为自己书写传记

故事越来越长，铅笔却越来越短。它把一生铺展在笔记本里，风翻动
一颗颗黑色石头从纸上滚落，填满那条悄声奔走的河流

墨境云烟，本名陈子仪
1997 年生，广东工程职业技术学院
管理工程学院物流管理专业在读。

关于鸟　马陈城

我不止一次把自己想作一只鸟，这个想法不新颖，至少像个孩子
鸟儿可以在风与气流间搬运自己的想法，如此，甚至还制造过风与气流
吹散故乡的种子，在异土带有目的的发芽生根
在鸟儿眼中，这从不见外，因为除了自己的树窝，哪里都是外面的世界
我们只想单纯的想吃比我们起早的昆虫
除此之外，我们拒绝一切有危险的活动
诸如，政变、战争、生育与婚姻
知情的鸟儿从不敢涉猎上述，不知情的，我敢保证都被灭了口
鸟儿只为在春秋两季，留个空余去挑衅爱情，剩下的迁徙，孕育出集体潜意识，被选择
上周从东京汲取的果肉，消散于巴拿马的清晨，随风的温度趋进，局限于一部分同胞
看家护院的白鹅，祖上从事过这一行业，或许曾是潮流，散步在世界各地
渐渐，与肠胃妥协不同的语言与果实，散布在世界各地

马陈城
1995 年生，江苏师范大学科文学院
社会工作专业在读。

春风吹

南飞鸢

坐在公交车靠窗的位置
可以看见春天，正在花朵的胸膛上漫步
也可以看见河水解开冬天对她的禁锢
一次次抱着自己的身体，在礁石上
撞得粉身碎骨。你若站在某棵桃树下赏花
我心中岌岌可危的石头，终于可以落地

公交车经过清水塘
抓了几把春风，悄悄放进身体里
让他们吹拂，我们这群背负生死的人

南飞鸢，本名陈智华
1996 年生，贵州省铜仁学院经济管理学院旅游管理专业在读。

自白 沉草

有段日子了，为廉价的痛苦所困
生长在内陆，习以为常的旱
却要将字句沉入某个虚妄的海
要从身体里，拉扯出咸

我的故乡是青枣、黄土的混合物
是深秋时，被众多眼球所困的一片
肿胀的玉米地，是早春苏醒的柴
与地窖里兀自冬眠的，蔬菜

我因而制造过巨大的分裂——此处
没有一个词与“愁”相对。它无法言说
且接近干涸；我不应做下一秒聒噪的蝉
也不应说“从前慢”

如果我们的痛苦在理论上不成立
那就给予它们，现实上的抚慰

沉草，本名张楠
女，1998 年生，陕西师范大学国际汉学院汉语国际教育专业在读。

一条河带来的臆想

朱颠云

一条河使夜色加速了
倾斜，变形
像扭曲的世态，像某些
不确定的隐患和担忧
趁着足够的黑，我能够
辨别风向，以及河流的
脚步声，我担心的是
也许我正与光明背道而驰
尘世间的景物如人心
世道
我无法看到一幅画
所隐含的神秘
在黑色的边缘，我远远地
听到
隐约传来的铃铛声
我轻轻按下噤声的手指，不说出那些
微光或者动荡

朱颠云
1995 年生，现就读于贵州民族大学人文科技学院中文系新闻学一班。

女生节献诗十四行　隶柯

三月，远道而来的春天沉默不语
这时节，最适宜将一句诗肢解。掰成
四份:沉鱼、落雁、闭月、羞花。趁着
黄昏还没来得及向夜晚告密

虚构出，一个春天的傍晚，最好
是黛玉葬花的那个傍晚
亲手把诗句洗净、切块、捣碎。揉进
暮色，暮色是吞吞吐吐的月色

如果今夜，怯懦的月色依旧哑口无言
只好，以一朵花的沉默对它屈打成招
以下三行，是我如实记载的供词:

“荒凉的山冈上站着四姐妹
所有的风只向她们吹
所有的日子都为她们破碎”

隶柯，本名朱普东
1996 年生，贵州航天职业技术学院电子工程系通信技术（三网融合）专业在读。

茶壶　草籽

它是一把不煮茶的茶壶
满载清水
谁都喜欢清白，谁都会被污蔑

茶壶嘴里冒着哈气
它想擦亮一面镜子
试图通过这样寻找明亮的世界
不过这太难了，它失败在了起点

沸起的水想挽救一面镜子
火苗使尽全身的力气
但是结果只有海里冒起的白泡作为回应
一个个寻死的人跳进水里
沸水把他们煮熟
死前大喊“死得冤枉”
把一切罪责归咎于水

草籽，本名范庆奇
1997 年生，现就读于甘肃中医药大学针灸推拿学院 2016 级针灸推拿学专业。

卡佛，在冬天 （外 1 首） 伯竑桥

冬天和他一同折纸
折出寒潮中颠簸下坠的水鸟

折出雨后生长的女子，畅美地抽芽
心事无边如黄昏的盐田

童年日渐胖嫩，不再是当风飞旋的旧图纸
嘿，我找到了你毕生藏匿的八音盒

——“冰上，她的笑声很滑，
我捉了好多年，没捉到。”——

他成天偶遇过去的生活
像寡言的孩子，一次次梦见烟头烫破气球

我们在高高的坟边对坐饮酒

我们在高高的坟边对坐
饮酒，谈论下一个朔望周期，星星

会以怎样的姿态醒来。
花朵如天气，郁结在枝头
你晓得星星有时清洁胜过初雪
但一切无关修辞。睡眠垂落，像一双手
随手撕下的日历成为新的大地
人的体内有幽暗的一杯水，让活着变轻
变凉，而所有滚烫的少年都
隐隐像你：风的影子，弱的天才
在夜里在人群，嘶喊：群星苏醒！
去求证，去温习，人类微弱的趋光性

伯竑桥
1997 年生，现为武汉大学文学院
汉语言文学 2015 级本科生。

飞在河中的鸟 怀瑾

清晨，我和一只在童年丢失的猫
信步在孤独的河畔
时间，是供我垂钓的河
不用刻意抓住回忆的鱼儿
一支烟的时间足够吞噬和沉醉

醒悟时，从梦中向外跳伞
归路永远印着阳光投下的影子
你记得，也许早已忘了
你曾是个归人
而今却只是个过客

等风来，不如追着风去
所有的雨不过是哭泣的云
所有的沉默
也不过是哑巴的种子

黑夜，一只在童年丢失的猫和我
捉到了一只飞往河中的鸟
她眼里盛着一片干净的天空
天空的背后还是天空

怀瑾，本名孔德宇
1996 年生，黄淮学院建筑工程学院
土木工程专业在读。

梦游记 （外 1 首） 旧酒

仕女掌灯，单薄的天色寂然敞开
远处的河谷响动
不完整的声音让她感到疼痛
因空腹吐出以昨日开头的故事篇

身体摸索越深越沉默的过道，幽静而不喧
从一头到另一头
排出折叠的纸船，消失于旷野。

久经打磨的砂纸沉入你的眼角
我们如何瓜分这夜色
旧衣裳从椅子上滑落
我抬头，拾起的潮水又落

入夜后做一尾游鱼，添加更自由的角度
沉溺于这痛失异地的殉情者
你在高处盛开
今夜无风，造舟赶路的人只能作罢。

制冷记

不见南山，也未曾写在纸上。
我也曾登山，眼前的草木再一次枯黄
感知附于存在，有感于此
转身折返，向旧人索要一片新颜色。

迸裂的词语挤进受潮的某页纸中
拂去残留的雪渍，凭窗倚栏不至于坍陷。
腹中藏不住蜜言，受惊的马留下哀叹的脚印
响声如旧。翻越千山万水去交换一颗温婉的心。

白昼即将死去，此间将不显亮色。
记起的事物是怎样缓缓升起又是怎样的落
蔓延的情绪装进指尖。皮肤如枯草塞进寒风

可悲的自由亦留不住辨识温度的种子。
背负着期许的人裹着风雪独自行走
不如在墙内造起火炉，等待如同暗自滋生
你缄默不语而雪从未停止。

旧酒，本名吴海峰
1995 年生，现就读于湖北理工学院 2016 级汉语言文学专业。

刺客　江飞

她失手将匕首刺入街道
白色衣裙，花纹开始分散

有很多人行走，偏偏会是他
逆着闪电

暗的物质返回到玻璃上
惊叫在空气中滑翔

流动、破碎、清脆
他在密集的人群里感觉到疏离

陌生面孔开始消融
酒在光里折射

江飞，本名闫慧飞
1997 年生，现就读于郑州大学
建筑学院建筑学专业。

夜晚　高树

五点四十五分
地板上泛起月光的波浪
静静地
和着傍晚轻抚的风

人声从街道上升起
雨水从鞋底滑过
轻轻地
像三月里第一场温柔的爱情

我问在屋顶探头探脑的月亮
它在干吗
它做了个安静的手势
一下跳上了星空

这样
便到了夜晚

高树，本名裴恒
1997 年生，武警工程大学军事基础教育学院中国语言文学 2015 级学员。

鞋匠：我的爷爷

林静莹

他是我的爷爷
镇上最后的鞋匠，失聪
他每天都会收藏别人行走的路程印在
挂在脖子上的围裙
他把鞋底平躺在双膝上
用针和尼龙线将一串串的脚印连成
长长的路程
串在记忆里
当他老了，躺在床上
他再也收集不了别人行走的路程
就把记忆拉成丝线
在掌心摊开所有的距离
像他年轻时走过的一样多的路

林静莹
壮族，1991 年生，现就读于河池学院文学与传媒学院汉语言文学专业。

臆想　刘祖新

金属的堡垒掉落了
潜意识的帽子 体积开始发酵
与寒冷一决高下
争夺躯干的出水管
下流是一种胎记，被拴住的习惯仿佛
一道大坝收集河水的脸庞，被消灭的
总是皱纹，水位不高只能达到及格线
组成一张试卷往往是借贷
溶液增加，物质减少
生理的成本是空，预支吧
要学会随机应变，把欲望出卖给
一条长船，招蝇虫，定风波
牙齿只好身投江湖
好汉只在水中相濡以沫

刘祖新
1998 年生，闽江学院人文传播学院 2016 级汉语言文学专业在读。

蒙古游记

代炎江

一九九五年一块黑铁从炼钢厂锻出
在一张透明的黑胶唱片上，我倾听
一台刚下线的发动机疼痛的异响
我观察自己生命走过的清晰纹理
每一颗锈蚀的螺丝正在松动
一幅山水，一盆荒凉的时局图
胡柴、冷蒿、芦苇的脉络逐渐明朗
历史中有人正路过塞北，从黄沙里拽出芨芨草
透过它们的根须，匈奴人的车马
正经过清水湾哈素海
低矮壮实的牛羊集体驮着露珠回来
它们生命中的些许伤痕，在苍茫中显示
哪一道是白石堆绊倒跌伤的
哪一道是漫天卷的利器意外划伤的
哪一道被日月星辰鞭打得最深
当时却为什么不疼

代炎江
1995 年生，现就读于山西农业大学公共管理学院行政管理专业。

呼吸之必要性　麦岔

敏感词汇一了百了
永远不知道
刀子应该藏在哪里最安全
被喝醉的人搭讪
自行车下坡冲过来
守口如瓶才最危险
有人怀念被暗杀的人
抱歉，请让让
我要出去呼吸一下
自由而人心惶惶
在雨巷滑倒
有人抱着向日葵
在大雾中
被不知名小狗追赶
雨后的暴雨
飓风躲开了暴动的人群

麦岔，本名蔡其新
1995 年生，澳门大学社会科学学院政府与公共管理系研究生在读。

春天的一个下午　李许召

春天的风里
天空比我的眼睛多了一分长情
影子安放于空中，微风像情人一样抚摸我

你曾爱过他们的孩子——飞鸟是我心里的眼睛
我给予我的，不过是一个很好很好的梦

行至朝生暮死的春天
席地而坐，举杯、谈笑
脸上的柔软是从梦中带来的
和梦中一模一样的幸福！

我迷恋一个光明、温暖的下午
从容地笑自己，笑蝴蝶的羽毛
笑，爱一些无用的东西
甚至，迷恋水中的倒影，多于迷恋自己

闭上眼睛，爱一遍波光粼粼的水

李许召
1997 年生，石家庄信息工程职业学院物流管理专业在读。

路过 马八斤

一月的星星裹了金色的粉末，
炸出酥香的脆壳。

二月是山茶花的眼睛，
睫毛下点着一盏烛火。

三月是我的情人，
一头扎进我的梦里。

整个四月我都在高脚杯里流浪，
五月我的琴声从良。

六月淡白的水汽，
渗进铁轨边的田垄。
七月天光乍破。

八月的影子里，
有团黄米饭味的炊烟，
掺杂着桂皮的辛和萝卜干的辣。

九月的阳光比钟摆倾斜，
红肚子的麻雀是篱笆上会跳舞的浆果。

十月所有的灯都笑了，
肯定不是因为我赤着脚观望一只水鸟。

十一月和我无关，
海水都倒灌。

我把熙熙攘攘的春光埋葬，
就在十二月厚重的肩膀上。

马八斤，本名马骏
1997 年生，哈尔滨师范大学教育科学学院小学教育专业。

母校重游 路迟迟

广场口会合，像密谋一段劫城掠地的战事
气势恢宏，一路挺拔着记忆的长剑
一次次扎进那年六月的宫廷政变

及至门口，本该胸有成竹的将军因不再名正言顺而变得羞怯
于是伪装成灰头土脸的间谍趁不备而入
在逃过叛变守军目光后感叹江山不复

于是三个皇帝各自为政，不再计较究竟是谁的江山
在一次次阅尽重复的花木、小亭、假山后
心平气和，再次称兄道弟

走下小亭时，已恢复前朝遗老的口气
再次谈起那年宫廷政变，除了叹息
谁都没有再提到东山再起

路迟迟，本名路福行
1997 年生，现就读于河西学院马克思主义学院思想政治教育专业。

回忆一张照片

牟逍

玻璃门后散堆着昨日的黄酒。
灰灯光吸收了敌意，镜面暗黄。
半夜醉酒后，她躲进电影院。
那边，雨正把路面浇湿。
那边有十万把雨伞正抗议游行。
那边的爱情故事让睡眠逐渐凋敝。
你没有雨伞，头放在帽子里。
你要回忆她眼里的一颗珍珠。
你不会指责珍珠里藏着碎石子。
它们黑如栗子，你爱抚然后离去。

牟逍
1996 年生，现就读于内江师范学院汉语言文学专业。

把背影缝进时光里

腹诗语

缝衣针在旧布块上穿梭
你只是个过客
背影被缝在了时光里

如同一个裸体被框在中世纪的油画里
美的东西被定格下来，广为流传
可想而知，上面的光线定是很烫
如果春风能够爬上夜空的顶端
到达月亮的背面。站在它的脊背上
我是否就是那个闪光的日子？你不可能回答

大脑的支架向着路口倾斜
没有一点旋音
我看到天空逐渐变得坚硬
影子从我身上伏下来，“红了樱桃，绿了芭蕉”
你的血液在记忆的掌纹里逐渐变得立体

腹诗语，本名周少昌
1996 年生，现就读于内江师范学院汉语言文学专业。

《西厢》札记：红娘 （外 1 首） 闻耳

穿针引线，她想起她另一世
苦练健美操的技艺
镜是一面墙，而非妆台的小物件，
所以，时而裸身，那样爱自己

“你休慌，妾当与君谋之。”

什么时候谈起爱，什么时候
她就运针轻捷
造出羽色斑斓的鸟
传书信，琴音，落在夜色与被面

苛求针脚与一个技术动作
有时候她也痛苦——
羽色斑斓，无法更纯的艺术
她像大师一样痛苦，想起爱自己

休慌，不能更懂得，她酡颜的飞鸟
如何是越过墙

深秋的比喻

“有一种梧桐清亮如洗”，柏油路盈出怀乡病。
他续说深沉比喻：“听闻你携口音挤入地铁”，
“狗尾草或狼尾草”，念出名字就念出他的距离。

“做一头苍翠的夜鹭穿过雷雨，守得住吗？
那尾精致的青鲫。”积水越过他赤裸的脚背，
“我在大雨中漫寻适足之履”，一贯他比喻连连。

后来他孤独两年，写二十首诗且足不出户。
后来他和一个姑娘对话，反复地争吵并哭泣。
直到我记得好多天像一天，在地铁里念短信：

“所以深秋取暖水泡脚，互递温热的饮料。”
在车厢摇晃的另一头，他做一个笨拙的父亲，
“坏孩子总是摆手，要我重做听说练习。”

闻耳，本名周文波
1990 年生，华东师范大学
中国语言文学系中国现当
代文学专业博士研究生。

摘取

椎木

我在麦地里
寻找半颗发烫的花生
任何热情都很可贵

与羊交谈
使我忘记了所有俏皮话
只能等夜深人静
等清晨
灰色雀子在水雾中
悄悄散落

春分有雨
适时，我知道
入口即化的龙须酥和女人
有着同样密度

你用苹果核建筑其骨肉
掠夺婀娜的部分

椎木，本名罗桂香
1998 年生，成都文理学院汉语言文学专业在读。

夜里正发生着一场迁徙

叔阳

夜里正发生着一场迁徙，人群攒动
鸽子与乌鸦一同栖息在广场上
伴随着一轮诗人写得烂透了的月亮悄然走近
我开始怀念起那些老死不相往来日子
怀念 母亲点燃经年的盘香
文字烟雾缭绕，模糊了某些东西
故乡的路是第二个路口还是第三个？
我已忘却，用手机导航
（“一百五十米后右转 到达目的地”）
城市的黑眼圈笼罩着我，虚无卷土重来
以雨水，或者胜利的名义
我好像再也不能将自己藏匿于我所写的字里行间了
呼出的一口白气，又急忙咽回
左与右失去了意义
三点整，又一个荒凉的往事诞生了
在岁月的裹挟之中，我想问问自己
究竟何时才可以不再藉以童年
来度过 这漫漫长夜

叔阳，本名王芳洲
1996 年生，闽江学院人文与传播学院汉语言文学专业。

一小块凝固的时间 * 严我

时间是几维的
是四维或许
我能像蚂蚁一样
爬出一条折叠的路线
回到时间里去

光锥之内
我们都是宇宙的虫子
躲避射手的洞
在冗长的真空中脱水爬行
爬向几个存在的边缘
在一切偶然的平凡幸运里
寻找一块甜蜜的
一小块凝固的时间
时间上有美丽的条纹
条纹上有流动的时间

我望向你
海藻泥一样细腻
把时间涂满全身
在所有停滞的永恒界面里
渺小伟大
伟大渺小
这一刻上帝不再思考
宇宙不过是巨人
书架上的一本词典

这是最灵态的飞行
所有前进的都倒退回去
今夜星星像幽灵一样坍缩
我将变成一只萤火虫
幽幽的蓝光
停在宇宙的书脊
不要回答

* 引自《三体》

严我
1996 年生，浙江传媒学院设计艺术学院在读。

写在春天的密语　云枫

春风，倚在窗框上。郁金拨着
四指，构造动乱的时局

一条冰河，已产下雄壮的马驹
对于欢爱，他有无限的潜力

旖旎的裙摆，盛产于风和
爱人的炽烈。每一缕光虚假
的庄严，都在形色中被反复地撕裂

这是一种，被拘谨的放纵。是身负
镣铐的舞旋。竖立着久久分离的
尾巴，我大口咽下

墙灰和黄土。把每一段天作之合
都弃立成形同陌路

长满芦花的深海。隐秘处，你为
我畸形的种子，一遍遍痉挛
我的爱人。也许风铃早已吐出火红的信子

四千年倒灌的洪水，终于回流到
它衰老的裂缝中去了

云枫，本名沈正福
1996 生，南京理工大学机械工程专业在读。

抒情（第八十）

莫传奇

宇宙最终走向她困闭的心房，
星辰在床头摇晃。

我，和我的思索终将被遗忘。
沉入尘土，透着缝隙向外望
——无数个自我相互堆叠。

窗外飘着红气球，
孩子们篮子中装着桑葚。
她手里捧着素描画，
我想要的生活是什么样？

我们都爱着这些，也同时憎恨
所爱的光辉世界。

快堵住耳朵，第七个答案
即将揭晓。世界树被拔起，
根部像头发般，弯曲缠绕。
我捏住、抱住一根，
轻松得像扯断某根白发。

检察官们围在一起，沉默、
疑惑：这根来自奇迹和枕边的生灵。

莫传奇
1998 年生，三江学院电子信息工程学院电子信息工程专业在读。

给奶奶洗澡　张小小

这是一次突然事件
惊慌失措又羞涩的奶奶
被我拉进浴室
我开始调水，取沐浴露
一生包裹着自己身体的奶奶
迟迟不肯脱下最后一层障碍
这多不好意思，多不好意思
奶奶嘴里叨念着
像新婚的妻子
她羞于面对自己的身体

整个过程
她始终抱着自己低垂的胸部
我给她洗头，擦背
她小心翼翼地配合
再往下
肿胀的血管和干裂的皮肤交错
岁月榨干了奶奶的身体
发育了我

张小小，本名张瑞琦
陇东学院教育学院大四学生。

八月之相

简卫杰

八月的物象在不断地重复之中也不断地遗失
散落的蝉鸣、蝴蝶的轻盈起舞与难耐的酷暑
这一切都失去了夏之为夏的意义。车辆的鸣笛
酒杯的撞击，都停止了，唯独留下夏天这台聒噪的机器

八月的日子分崩离析，拼凑的相遇和重逢都所剩无几
在天干物燥、天崩地坼中再难天遂人愿
所识之人纷纷留下一道倩影，巨大的热爱再使八月堆积出一天
尽量保持狂欢的躁动，纵然不久要降临在秋和金色黄昏的宁静

要捉住一切可能的事物，就像要捕捉一场梦
打碎的蛋可以代替艰难的夜晚、混沌的空间甚至一整个夏天
该遗忘的早已遗忘，在规整的字里行间、影像的重叠与季节的转换
记忆是巨大的阻力、一张密不透风的网，罩住了信马由缰

大暑与立秋之间的对弈、月亮与太阳相抗衡
在体内蔓延的酒精，这些对峙还都胜负未分
还有一丝喘息、一丝不尽人意，八月的降临
降落在墙壁斑驳的花纹，在人烟稀少的黄昏

简卫杰
陕西渭南人，1991 年生，广西师范学院文学院研究生院2016级比较文学与世界文学专业在读。

逃离　牧鱼

老牛拖着犁铧
翻开三代人的皮肉

春天，被囚禁在土地里
篮筐越来越重
囚徒妄想逃离

爆炸声响起的时候
耕牛正驱赶虫蝇
老驴拉着石磨碾出流云

春日逃之夭夭
每一处山石都犯了窝藏罪

牧鱼，本名李蓉
1996 年生，中山大学中国语言文学系（珠海）汉语言文学专业在读。

骗你的 水佳

等你死后，我会每日在你的墓前栽一束玫瑰
万物再哭，我也能把你的哭
单独找出来

等你死后，我不会再爱上其他女人
即使她们也叫你的名字，也用不甘心和不情愿

等你死后，我的爱好会大变
即使不能用假装的罪过，去到阴曹地府
也会每夜在酒精的香中，找到你弥留的魂魄
与你相爱

我更想，等我死后，我们还尚未认识
那时我牵着孤独踹门，被灵魂翻滚着的你
一次次亲吻，隔着生
我一次次冲锋，突出了重围
爱上了被你爱上的爱情，在人间
四月天

水佳，本名邹准
1995 年生，长沙医学院中文系汉语言文学专业在读。

关于空间（选三） 昱文

一

空中弥漫着语言，
我和我的武器。
左边和右边，同时
后方翻过来一句
“后来他就……”
绿色屏幕的光，

在黑暗里

二

孤独肿大的眼睛，
填满了她
木板上布满树影。

他们保守的言辞用于吞并疆土，
皮革香气的实体
侵犯悲剧

而我，
透过你
看向窗户

三

一块透明的污渍

一朵光

一片纯洁的触摸

空椅子

逐渐变多

变多

变多

再没有空间

昱文，本名苏昱文
1996 年生，南京艺术学院流行音乐学院作曲与作曲理论专业。

情人 *颜彦*

他不愿听到隔壁一家三口吃早餐的声音
“幸好我听不到呀，就算听到也会很快忘记。”
他惧怕鬼魂和柔软的事物，因此失眠
罢黜耳朵带来快乐，这会成瘾
晚香玉被我采下，酒瓶叮咚作响
森林的号令在流逝，短歌随十二点钟苍白
橄榄树张大嘴巴：铡刀里丢失的深渊
我再度来到荒漠，不敢去拥抱他
两个虚影的重合地带，幻象会散得更快
这是个多么可爱的小孩子，我戴上婚礼手套
摸摸他悬崖旁的脸颊：“祝你永远可爱。”
我怀揣与他相同的饥饿告别

颜彦
1995年生，重庆师范大学传媒学院2015级新闻系本科在读。

一滴水的惩罚 央措

（时间以双人床的形式呈现）
生殖在秋天的酒里
发育在秋天的酒里
携带一艘亚麻衣裳折好的船舟
谎言从我传出：
愤怒中，船被打翻 水位上升
所有腹部需要一粒饥饿慢慢填充
生活易逝的时光在水中得以解释
船帆到岸 爱情释放
枯树，因水的穿透愈显悲伤
但是水，水
水是聚集的寒冷
以万种姿态呈现 引燃荒芜
用另一个名字称呼
水灌满整个肺部 不留一缕烟丝

央措，本名郅晓堃
1998 年生，桂林理工大学信息科学与工程学院 2016 级本科生。

台风 周道鹰

不死、不离开
是不行的。对于很多人，和树
少女的腮红摔碎成渣土
她把每一句话，都讲得像遗言

昆明和珠海是两座凋零的城市
相互呼应。你走了，很快我也不留

周道鹰，本名周明朱
1998 年生，暨南大学翻译学院翻译专业就读。

时间的阴谋 陈木

火车闯入南国
雨从繁密的树木
溢出

我想可能有一支
闪电，匍匐在山坡
那些衔住雪花的松塔
休憩在林中的春天的石头
以及，我们
会见面的。

清晨，下着雨
童年跟上了我的时间。

陈木，本名柯伟
1997 年生，华中师范大学文学院汉语言文学专业在读。

白等一场

陈湘

该怎么形容这种心情呢
两个交换过秘密丛林的走兽
一个向往羽翼，蓝天之上重塑秩序
一个渴望屏息，碧海之下收购氤氲
沉鱼落雁，说来也是
亚当夏娃 郭静黄蓉
多余的情感要腰斩
洪水泛滥后，猛兽该横行无忌
点一截万宝路，幽蓝深远
像爱人潜藏的灵魂
献祭于不远处的一场阵雨
从掩映虚光中惊醒了才发现
无人欣赏的红唇垂钓出
默不作声的孱弱 哼哼唧唧的
不是情歌对唱 是行个方便
摇尾乞怜

陈湘
1999年生，闽江学院人文与传播学院汉语言文学专业在读。

晨起访友遇雾　水烛

对镜梳妆时，燕子轻巧飞过，院子里
中草药飘香。芦苇在《诗经》里疯狂生长

在雾里读雾，从客栈拿支笔
放下装细软的包袱，禅定

蜘蛛网企图缠绕住一种名字叫
大鹏的鸟，来一次鱼死网破的挣扎

叶子在雷雨中惊悚，战栗
泪鱼游在至纯的水里，自娱自乐

山不甚高，杂草却高过山头
比草还高的是人

在雾里，真实和虚幻是敌人
真实的我和虚幻的我是敌人

水烛，本名任智峰
1997年生，现就读于甘肃农业大学财经学院农林经济管理专业。

凌晨两点半的轰鸣

刘霸

失眠挑断睡意的蚕丝
终止一次无关紧要的纺织
醒，已艳丽成一只花蝶
听见梦境之外，凌晨两点半的
声音
建筑工地顶楼，轰鸣的发动机
齿轮撕咬齿轮并不悦耳
能干的中年妇女
一晚上都没说一句话
汗水敲打着砖块
混凝土包裹着她的心，夯实
沙砾般的生活
某一刻，她坐下来
想起下午掉进罐儿井里的人
风正从她的后背穿心而过

刘霸
1997 年生，西京学院理学院应用化学专业本科三年级在读。

木梳衰亡史　亡羊

一柄红豆木梳 投到她手中
精致 巧妙 凝结时光和心血
木梳背上 细刻一株青色植物
她问他答 那是一棵 车前子

她的秘密 却在那一颗 突出的齿
她没有 道破 那特别的吸引力
木梳滑过乌发 她都要忍住不笑
她感觉 那颗齿 在她发间跳舞

微雨粘杏花 她把木梳 带回江南
此后木梳陪她 梳及腰长发 梳短发
梳披肩湿发 梳打滚儿后打结的发
只是偶尔 觉得它过长 揪扯青丝结

有时候 她想那颗齿 再低一点点
故意使用 突出的那一端 再有时候
她喊他去 将木梳好好调修一番
这时 那颗齿 会被重新打磨一遍

煮一羹桃花粥 听花瓣落青苔 怦然于心
墙头影儿螺旋 丝蔓绕架 豆荚行将饱满
她自然 避免不了一些 风里来雨里去
木梳相随 背上青色植物 也次第褪谢

忽值一天春眠觉晓 她随手把起木梳 梳头
所有的齿 已光滑磨损 她感到奇怪 喃喃
怎会喜欢一把梳子 毫无特点 她哑然失笑
木梳穿过一头银发 已了无踪迹 一杯纯水 一场空气

亡羊，本名贾沛
1993 年生，清华大学化工系化学工程与技术专业，硕士二年级在读。

想家 音希

中午出门消化阳光
你的胃如团大的阴云
迢递啊
飘向老家阳台的窗外
那里阴天
你进不去门

妈妈拿着手机
慌张地联系工人，换锁
像丢了些什么似的

你注意到
你干净整洁的房间里
多了盆四世同堂的仙人掌
有多少欲哭无泪
在这植物的身体流淌
直到
把叶子磨成针形

音希，本名李航宇
1998 年生，兰州大学管理学院行政管理理论方向专业。

雨伞　石沐

下雨了。

当我们的视线只凝瞩于地面的时候
雨伞下的鞋子便是视网膜上唯一的反射物
——运动鞋、高跟鞋、棉布鞋。

行走的鞋子来去匆匆
而往来的雨伞却彼此游弋成喧闹但孤立的群岛。
鞋子有被束之以高阁而成为纯粹装饰品的，
亦存在着被磨平底面而露出脚趾的。
一个人是光着脚从土里出来的
最后光着脚躺在一座布满杂草的坟茔。

街角的乞丐也有头顶着雨的且光着脚的：
“这雷雨，是要从明天下回昨天的。”

石沐，本名石浩林
1997 年生，江苏科技大学船舶与海洋工程学院港口航道与海岸工程专业在读。

这双手有阴天的感觉 （外 1 首） 宋素珍

我经常在想通过这双手看见另一个世界
它一定会有漂亮的云，蓝色的草和一棵高大的凤凰木
假使我可以成功从云上钻过去
那么我一定会坐在蓝色草上晃荡双腿
将过去当掉，将明天荡掉
悄悄地留下今天
我说的是假使，那么证明是没有这个世界的
我的手很黑，深山鬼怪都在上面
你说：好像下雨了
这时我的手一定刚刚抚过你的眼睛
忧伤的眼睛

不妨开一朵花

当我俏丽丽地站在高架桥上，戒过风的电影
绿色从手掌里生长，我们
借用藤蔓来尝试描摹一朵颤颤巍巍的花
月亮在告诉我了，她将虚影投下
不妨开一朵花吧，白色的
比云朵跟棉花还白，具体到一张 A4 纸
云雀又在叫了，叽叽喳喳的：
不妨开一朵花吧，从内心里开出巨大喜悦
我伸手揽进月光把窗户闭上
借用寂静的角落安置掉落下来的花朵

宋素珍
1997 年生，苗族。现就读于贵州民族大学文学院汉语言文学专业。

容器

陶玉帅

医院里，我见过一个患了癌症的中年人
从他攥紧的拳头
正飞出一块块菱形的愤怒，编织成绝望的容器
他默然坐在其中。
在拉开冰箱，拎起一串孤零零的冷的时候
突然领悟到
时间再也不会把他冲得更远

月光下，我见过一个低矮的环卫工
汗水迅速地包围她的全身
在她歇息的时候
冷凝成一个由过度劳累反复捶打制作的容器
这容器或许日益沉重
以至于她的膝盖在下雨天覆盖着越来越深的
搅碎般的疼痛

我见过最让我一颤的容器
是在集市的街道
一个八岁的稚嫩小女孩背着厚重的书包
把手里深呼吸的零钱
轻轻地放到面前穿着破烂的残疾乞丐的碗里
此刻，她瘦小的背影
是人世间仅存的能高悬天空照耀大地的容器
里面装着一枚椭圆形绿色星球
深不见底的
渴

陶玉帅
1994 年生，新乡医学院 2014 级临床医学专业在读。

今天朋友不会来 （外1首） 王振羽

照古时习俗
此时当点灯，倒酒，切肉

打开屋门，将马拴好，扫清路上
积雪，捡拾些许树枝枯叶燃起火炉

子夜过后，你将乘舟到来
穿过两岸银色的树林，乌篷船像一座坠落之山

我们拥抱，然后饮酒二两，食肉半斤
桌上的影子嘲讽着虚构年代的经典，树林拱起白背打呼噜

何必天晴呢？你以手指蘸酒在空中写上狂草
涅槃哪比得上丰年大雪啊

我曾听说，南京下雪便成了金陵
不错，这建造在坟墓上的底片早晚要融化在雪里

而你我今夜会醉死在此，舟子来报
长江已万里冰封，罗盘俱碎，无处可以航行

南京 BLUES

天气再热
夜间散步也是必需的
忧心忡忡的人和流浪狗
都瞪眼盯着渔夫分割鱼小肠

天气再热
腰痛也得不到半分缓解
霍乱的多巴胺苦熬半个世纪
慢慢把手泡进长江两岸溢出的水里
发霉

王振羽
1997 年生，南京师范大学中北学院人文系汉语言文学专业在读。

小说家与诗人　熊志彪

一直在磨小说的手，突然就
长出了诗的老茧
月光映照山间，却点亮了泉水叮咚

王维在山间穿行，竹林的风吹来
桃花山谷的岩壁上，青苔震落
鞋子上的泥土气息也满是富春江的味道

冯梦龙常去的妓院萧条了，残井断壁间
定格住一枚黄昏
往前走，棋馆唱起了往日喧嚣

下一位是谁，只有诗知道
用电脑写肯定比用纸笔写来，更节省
树木和情怀

就是他了，经历和灵感
笔力还有成熟度
可惜不常饮酒

熊志彪
1996 年生，山东大学（威海）东北亚学院朝鲜语专业。

杜鹃帖　周幼安

本月天气预报
称倒春寒冷有刀刃
钟摆式的
晃来晃去的

我被瞬间劈开，节奏
像一台阑尾切除手术
颤栗的骨头露出来
连及日常疑问。
为何一种擅于躲避的鸟
要同另一种静物
共享词源

当春天解剖臃肿的器官
万事按部就班
一大团杜鹃夺眶而出
像最后流干净的血

周幼安，本名周子菲
1997 年生，东南大学人文学院中文系汉语言文学本科三年级。

老式嫁妆箱　亦扬

我家茶几是个古董
一个木箱上面放着块玻璃
那是妈妈的嫁妆箱

妈妈把老式嫁妆箱打开
我不曾留意
拉开，放出上世纪的思念
合上，把昨天的吵闹关进去

进城当了大学生
灯红酒绿的日子
忽然想起了老式嫁妆箱
和妈妈脸上的褶皱
深夜
我们被关在黑色的小时代里

吃饭时，蹭落了锁
里面只有一块红绸子
上面写：
王氏女进杨家门

亦扬，本名杨变变
女，1997 年生，东华理工大学长江学院人文与艺术系汉语国际教育专业在读。

夜话 伧俗

随那人群跑向葬村——
悲歌沉默
酒话简短
李子湖已打开棺盖
如我滑进相框的种种预言
阿多尼斯，摇响我的铃铛吧
对于毁灭之事，我们早已熟练
但必然有什么新的额头
在熄灭

墙缝浪费一株金盏草
你吃了多少沙子
修饰我裂开的一部分
啊，让我们像朽木一样巧妙
把所有岁月都枯萎下来
让日子的形状，只剩诗的最后一行

伧俗，本名王祝
1999 年生，重庆交通大学航运与船舶工程学院船舶与海洋工程 2017 级 2 班。

请悄悄地　温嘉丽

夜半应该是静悄悄地
倘若你要在浓浓的夜色中行走
如果你非要非要在这时间里行走
请一定要轻轻地，缓缓地
千万不要碰到
碰到别人正在梦着的
浓厚悲鸣中的梦

温嘉丽
1999 年生，金陵科技学院人文学院 2016 级秘书学专业在读。

一个人的村庄 （外 1 首） 陈航

每一处灯火，都那么响亮
仿佛飞马，穿过森林
一群鱼儿，翻阅山色，抵达另一片海洋

秋的大火灼烧夜空

两座城市之间的灯火相互连接，拼成人行道
我的村庄，是条小径
——垂直人行道，与月亮一个方向

庄稼人

收割。我拿起镰刀干净利落
即将被收割的是泥土，河流及庄稼
太阳暴晒，信仰搁置高地
我落刀，切割泥间密麻的老人斑
河流多余的波纹，占据额间大半地盘
我打败河流，植入绿水
庄稼已经成熟，但成熟里
一些苍老的事物悄然而来，我无法摆脱
枯发的降临，及山河的隐痛
我剔除旧物，在春天里
打算再活一次。庄稼人
他的一生，需要独自反复打磨一把刀

陈航
1997 年生，海南医学院临床学院临床医学本科生在读。

脚印 方钰霆

风从北方吹来
寒意漫漫
脚印冻住了，归途
向南的鸟类
与我的脚印类似

昨夜，有一个人
在烛光上散步
不紧不慢，跟随
红色的月光
很久以后才能听到回声

我的双手像盲人
在江南移动
一个接一个走进自己的季节
与青春面对面
试图想起失落的爱情

当我凝望时，万物复苏
在幽暗的森林
听见越来越多的名字
离开墓地，向北飞
即便我转身，依然清晰可现

方钰霆
1970 年生，桂林电子科技大学 2016 级 MBA 在读硕士研究生。

笨花　何关关

想把一天掰碎了
放在牛奶的白色里
泡泡
让它胖胖的变成四十八小时

四分之一只生存
一半的时间来生活
剩下的绑在头发上
等到风吹起来
就开出粉红色的花

在生日蜡烛面前我
几乎将它作下一岁的愿望
火就晃成指缝里的铁皮鼓
吓坏了苏格拉底的水仙花

只好
无可奈何地站在阳台上
看云彩终是夺了我洗好的西红柿去
抱在怀里
假装那是太阳

何关关，本名周昕旸
1997年生，曲阜师范大学文学院汉语言文学专业在读。

杀雪记 （外 1 首） 非非

不可杀雪
不可击溃在大雪中飞过的
最后一只鸟
不可打败六棱形的事物
不可留住为大雪所压倒的青山与红日
不可为昨日的一杯苦酒哭泣
不可在大雪中舞蹈
或者自作多情
不可盲目地爱人或者恨人
不可试图挽救自己
事实上，在大雪中，你只能通过
杀死体内的一个自己来巩固另一个自己

消化器官

两年前的我：消化一只猫
或者一个宾语
都要花上半天功夫

——而如今得花更多的时间
去消化一朵梨花
一捧黄土
一把短剑

或者去消化一张脸
一张恐惧的脸

哪怕它在人群中
深深地隐藏着

非非，本名方汇泽
1996 年生，浙江师范大学行知学院
文学分院汉语言文学专业在读。

四月来信　捌佰零一

在和林格尔的春天里
重复练习沉睡
以此 引诱
“速度不得超过30发黄的站牌”
和一颗急速下降的星
有的人已经离去

我所熟识冬眠中的女人们
都早已躲进丁香中
在太阳下徘徊在身体上是
烤熟的面包
和正在燃烧的塑料

我趁着日头不再沸腾的时候
围绕护城河深潜
来往的鱼群和人们
把我和阵亡将士们的身体
踏出裂缝

捌佰零一，本名杜凯
1996年生，内蒙古师范大学文学院汉语言文学专业。

他们的博物馆 （外1首） 许言木

博物馆的风景，他们照着粗粝的日光，
此刻他们拒绝墓碑上的姓名。
拒绝拾起西藏佛寺的佛骨，
天桥，乞丐儿，卖报人。
一切都拒绝竟是他们身上潜藏的本能。
它过滤掉什么东西值得思考。
令他们惊诧的是南京大屠杀，
奥斯维辛集中营，尼采之死，
这一系列可远观的死亡，
他们如痴如醉地“思考”着。
同是对死亡的态度，
出现选择机制，难以“放眼”切近。
也许他们根本没有活在近处，
那被遮蔽了的正以冷漠显现。
他们被异化，这意味着，
或许。他们（它们）才刚刚出生。

合居，三五人

一个人的场景有些简陋，一个人的大半夜看见魂灵。
一个人在厨房忙活，一个人在客厅围着唱片机打转。

一个人的刮胡刀安静了，对着镜子的人下巴没有一根胡须。
一个人的剪刀生了锈，老女人抱着月光走。

一个人的玫瑰园，骂一声混蛋。
一个人的季节不适合伤感，没有结局的结局埋于季节。

一个人被击溃在楼梯门口，没有拍打黑狗的脑袋。
一个人的意念与候鸟相符，一个人的雪山云未散开。

一个人的乡愁如潮水，以久换新。

一个人的梦在丛林中疾跑，
一个人的图腾，一个民族沿着它走。

一个人的器物欲望交接。
一个人的良知和道义向佛像磕头。
一个人的罪行用身体丈量土地在朝拜。

许言木，本名许扬华
1994 年生，就读于西北民族大学 2013
级经济学院经济学班。

零余 （外 1 首） 小玖

妈妈，你的背上掉下一根骨头
——我的神经，被丢在水里

你会痛吗，妈妈，我格格不入
与水，无法相融
我羡慕大马哈鱼，它们有漂亮的水草
它们每个时刻，都成群出行
我不会说话，更不会走，妈妈
天空会有河流，河流在石头上集聚
你为何不发一句话
妈妈 这么安静

海沙

海洋它失了一只手，在刚举行完盛宴的晚上
所有风都在等它，托向沙滩
以前，它就住在我隔壁，开着灯
跟所有鱼一起跳舞，在每个没风的我的眼睛上
都是震满的潮汐和落日
我大概知道贝多芬的死因
琴键上多一只手，敞开耳朵
抓住我隔壁的声音，花草，瓜果
和泅渡的海沙

小玖，本名邝启艳
1999 年生，楚雄师范学院中文系汉语言文学专业大一在读。

早上　一念

早上，还在睡梦中
起来，一天似乎就已经过完
一瓶牛奶开始一天的生活
这一天过得很平淡如水
开始愧疚这瓶牛奶
花费剩下的时间研究它与水的配比
它的颜色，纯度
后来母亲告诉我，
有人用一个早上的时间都没有学会
牛奶的食用方法

一念，本名彭燕
1995年生，广西科技大学艺术与文化传播学院视觉传达设计专业在读。

村庄 泣尘

火车开进了山沟
从一头到另一头
以相对古老的方式，来往
开过这个村庄，汽笛声
在山沟里四处逃窜

村庄没有多余的路
只一条在挣扎着
年迈的人缓慢移动
朝着没有方向的方向
似乎又多了一个山包

远处愈看愈远，山包
连着山包，目光、思想
掉进了无名的山沟
一切无从捡起，也
无从问起

生，却不知怎么活
没人会去在意
不远处的某个山包上
烧了多少人间
却生不起烟火

泣尘，本名郜跃
1996 年生，现就读于南京铁道职业技术学院铁道工程系。

在头发疯长的年代里

芴忘

在头发疯长的年代里
庄稼主要产石头、产铁块
产凝固的、僵硬的东西
在春风里，头发疯长
石头和铁块也在疯长
孩子嘴里冒出：鸟儿会飞！
头发疯长，石头疯长
男人嘴里冒出——
一群鸟儿在天上飞！
头发疯长，石头疯长

鸟儿在人们嘴里石化
槐树下的老人在坟墓里石化
西边的云彩在书页上石化
黄色的小洋房在街道中石化
以及那些远山、戈壁，
码头、船夫
连同所有远古的山水都在石化
石化的铁蹄践踏着世界的里里外外
作为最行之有效的开拓者
站在铁蹄印上行走
也是一种捷径

铅笔下蓝蓝的天空在田字格里
化为不朽
童真的橡皮擦早已失效
参考书上的文字似乎已经预言了
一千年以后
我在写下这些字的时候
笔也在石化
我真想剃光头发
拔去垢草
让土壤恢复原始的生产

芴忘，本名姜唐苗
1996 年生，华北科技学院管理学院市场营销专业在读。

月光 修圻

那一夜，时间戛然而止
这双眼睛穿过银河——
看见那扇窗，看见窗边的她
手捧月光，浅浅地笑
我就在此时迷失
意义的坐标：
她只是一缕慵懒的垂下的长发
也能使世界成为一叶孤舟
所有喧嚣流过她的指缝
掌心唯有那片海
唯有停在海礁上的吟唱
有始无终的旋律里
孤帆下一个氏惆的水手
于这暗幕里抬眼寻找
忽明忽灭的北斗
齿轮动了
月光如旧
你无声地离开
他得到恰如其分的救赎
背影稀薄刚刚的梦

修圻，本名陈修圻
1999 年生，苏州科技大学建筑学院建筑专业在读。

途中 守北

我看他划着木筏
分开水波
荡进一门一城

他割破水花
妄图收割一湾芦苇
割断与风的最后一笔交易

他想象——青麦
卖力地吃着阳光
在农夫的肠胃里
撑起肚皮

他偶遇佛居
点半支火烛
上香祈福

我听见风声再起
扣起西关
收紧他的一束腰带
也包括我

守北，本名高波
1995 年生，兰州交通大学文学与国际汉学院汉语国际教育专业在读。

我在雾里沉睡　孟琳峰

第几次睁着眼入眠
夜里的白墙像从淹没里逃生
越来越多的瘙痒，在皮层下攒动
潜意识浓缩。成了紫色的蝴蝶

为了感受，我养了一株仙人掌
矛盾时有发生，在不清醒的界限
或许，睡眠是在浪费另一个白天
会有鸣叫的青蛙，比我更渊博

远方逐渐模糊，不知不觉
有人说，我在雾里沉睡

不知从何时起，我偏爱柔软的事物
毛毯、小狗、抚摸即将熄灭的火焰
它们有寄存逆向事物的钥匙
由此我察觉，穿越这些迷雾
会遇见另一个我

要等多久，才能看到想象之外的
颜色；人们无法构思的神奇
走回来的人告诉我
写一封信吧。不要忘记落款

孟琳峰
1998 年生，广西民族大学文学院汉语言文学专业在读。

咖啡与未亡人

潘孝康

我爱淡水鱼爱了很多年
现在像海里的鱼一样沉睡

海面开出一朵花
我看见一具尸体
在花心安睡
那些花儿
从我的眼角爬过 下坠
停在嘴里
是咖啡的滋味

潘孝康
1997 年生，南京师范大学中北学院人文系汉语言文学专业在读。

日记的炼金术

尼宁

那些无法回溯到一种单一感觉的知识便是虚假的知识，我们不应该接受。

——洛克

Ⅰ 雨天的睡眠姿势

枕头朝北朝南，朝左，朝着窗口
那么我的头朝东，脚朝西，眼睛朝上，颧骨朝上
那么我的也朝上，我的双乳，我的性别也朝上
我的一切，包括我的黑暗
也都朝上，但引力拽着我
有一天我的身体会朝上生长
像父亲通过根茎，通过叶子和春天朝上

Ⅱ 白杨树

陌生来电——来自上海的陌生号码——
遥远的是同样的问候方式
遥远的是言语在碰撞里拥抱成群
而我们谈起一株被拔掉的大树——
遥远的幼年
我们曾各自把姓名刻在白杨树上
那棵白杨，就是我们的故乡我们的根

尼宁，本名刘旭光
1996年生，兰州财经大学商务传媒学院2016级汉语国际教育班。

在异乡历经一场风暴　洛尘

在异乡，花要开得早些
空气中带着阴郁、冷漠和一只鸟雀的悲伤
清晨在一间空旷的屋子醒来
旁边的床从昨夜开始就是空的
它是属于我的
从昨夜开始都已经属于我了

异乡的口音让我有些惊魂难定
一场风暴从北京吹来
我在地图上努力地计算着这座城市里
污染源的距离
顺便也计算着离故乡的直线距离
现在，我在写日记
之后要和姐姐通话
告诉她：我在异乡的风暴之中
正在经历另一场风暴

洛尘，本名李志强
1995 年生，甘肃农业大学动物科学技术学院 2014 级动物科学专业本科在读。

漫漫　厄鱼

死后，旷野就比春日更烂漫，就让那一些新生的泪水
回到玫瑰失散的源头，鱼也回到了上游
不再向新生的描述高山，而两只声音映裂的黄鹂
多么像我们干枯的那一截旋律，慢风堆积成为一面镜子
而你看不见我一直在风的背面腐烂，就让雨点
更碎一些，屋檐更低一点，我便会更烂一些
从榕树叶子中抽出鸟鸣，从鸟鸣中种下蔬菜
而白色的小花还未开放，而蝴蝶却在满园扑翅
给我分一些光，我要用日光来喂养我的影子
新草分给一群甲壳虫，她们保存着最纯的部分
尚未提及的翠柳和深埋于地的根须，各自执掌着
我所看到的，和我还未能触摸得到的空隙
早晨使我推开窗户，使我向一棵老树鞠躬
唯有寂如空山的黄昏，才使我绽开缝隙
让光和雁声一起进来，寄居于我空荡的身体内
只有夜晚才能修补我们一具又一具的肉体
只有漫漫的月光才使我们记住这一些出现的事物

厄鱼，本名汪彪 1997年生，就读于甘肃农业大学机电工程学院2016级车辆工程。

年轻的利维坦　晏若空

嫩绿空气一瞬间反光出灰白的自己
望一望碧沉的天，然后惊疑地抚上左脸
木质化的凹凸纹理
有什么炸裂开来，啄出新眼睛

我看见，颤抖的马背
在胯下凝聚成利维坦巨大的脸
从浓黑的威压冲出破裂光晕，向上汹涌

海中巨子，年轻的利维坦，这时是
烈火锻造的女郎——
德罗波蒂
新旧更迭中神的意志改变了你

即便是驾着死亡的白光而来
你仍会从火焰中升腾为云
一如在耶和华的旨意下撒旦化身坚忍

你必永存于世
无论是勒维亚坦，抑或闪族的富饶之神

晏若空，本名闫鑫
1999 年生，河南师范大学文学院
汉语言文学专业在读。

厨房的困惑 兮相

她在厨房腌鸡翅 炖排骨 烧一桌好菜
从来没有一刻停止想象妈妈的看法
那个女人 过惯窘迫生活的女人
盯着星期四下午小镇雨中的建设大街
回忆一场年少的邂逅
好像一个蓝丝绳的少女站在窗前痴迷
那些雨中的日子
一个器具齐全且又干净的厨房
就是她最大的梦想
她查资料读文献写和布兰顿相关的论文
"还是少了一点味道"

兮相，本名葛希建
1992年生，南京大学外国语学院
英美文学专业研究生三年级。

病中录

郭丛与

如果绿色是一种判决，春天
未免过于敷衍；知了对于
人类的警惕，似乎也
无益于生命本身。于是
能够从中获利的只剩下
经验。无法独立在
化验单中的每一个红色
数字，至少暗含着一滴血
全部的歧义，甚至可以
代言一场命运。决定权
丧失在死亡挑起枪尖的
瞬间，浮出的无疑
是一个巨大的警示：其实
每一天，都是局部的
生死；而随后的一枪
是否虚晃，虚无过上帝
的皱纹，未来的可能性甚至
单纯到在一场雨后
坍缩。也许是生命必经的
河谷，我们终于意识到：
所有人都没有理由
继续依赖于次生的经验。

郭丛与
1998 年生，上海理工大学管理学院工商管理（中美合作）专业在读。

蓝 不知

你认识蓝吗
蓝是一个哑巴
蓝是我的情人
我们不见面
但是他懂我 我也懂他
都说
每个人是一个独立的个体
没有谁能拥有谁
但是他拥有了我
我消失的时候他也会随我消失
除了我没人见过他
蓝真是这个世界上最好的人
他从不会伤害我
只是我们不见面

不知，本名李瑭
1997年生，大连外国语大学经济学专业在读。

我喂养过一所年久失修的房子 （外 1 首） 李栋梁

火车悠远的鸣笛经过我第十七个梦
铁轨、车轮，这种缠绵使我想起一个细雨蒙蒙的少年
他冷清如一幅飘摇在尘埃中的静物
追逐于一只野兽的影子会迎来一场温馨的尴尬
此刻雨水倒流，大珠小珠敲打着乌云
我喂养过一所年久失修的房子
那里街道是喧嚣的，一个人的心事也是喧嚣的
有时候夕阳斜刺进窗户上的彩色玻璃
让我联想到一滴水晕开在砚里
除此之外，我磨墨
直至在宣纸上捉住一个名字

劈柴记

从不觉得劈柴是什么浪漫。与自由无关
我抡起斧子，手臂的酸吱吱作响。一下，两下
默默分离曾许下誓言的情人。那些情人又何尝不是纷纷失散于没有盐味的日子

“啪……”炉膛里的黑色成了坟墓——可这锅饭真香。我继续劈柴
要小心些，小心木刺与钉子。看呐，木头会挣扎
会哭泣，会拿走冬季

李栋梁
1995 年生，长江师范学院音乐学院音乐表演专业学生。

纤手破新橙

陈格

真空的书页里
一只橙子鲜润

这背后本隐藏着一把刀
因为这一把刀，切口齐整
猪八戒一掌破西瓜就异于此
她藏起那把刀而切口齐整且柔软

肤如凝脂的美人柔荑
是过早揭示的伏笔
纤纤玉手已经烂大街
新橙已便宜得三块一斤
而并刀如水，这样的温柔
绕指柔已百炼钢

过早，过早，嘆其干矣
橙子已干枯

陈格
1998 年生，湖南师范大学文学院汉语言文学（师范）专业在读。

死生厨房　沾泥

她把嘈杂而纤弱的生命
交给了厨房
她的世界里有萝卜、花菜、豆芽
当然还有各式各样的菜刀
她的呼吸、她的胃
她的扁桃体
都充斥着厨房的味道
而外面的世界——关于她的丈夫、儿子
和刚刚死去的舅妈
都要与她决裂
于是她用砍刀剁下了自己的脑子
做成了海带豆腐花
用水果刀切下自己的舌头
做成了猪肉炖粉条
这样她就彻彻底底地将一生
贡献给了三块地板大小的
厨房

沾泥，本名李国栋
1992年生，中国人民大学文学院
文艺学博士研究生在读。

妄想症

梁永周

小脑左侧。种了一棵树
一棵正在发芽的树，根很重
已在太阳穴的位置探路
独木成林之处也该有鸟，骂这个脏环境
除却绿色的都不干净
我把嘴巴张得很大
放她出来进这黑暗之中，好把树根刨走
在口语中唤醒
若不及时，这叶子就落了
如何打扫干净，如何救治这鸟
妄想再种一棵树
种在右侧，那里该有一大片空
把这空填满
就不会有鸟放弃张开嘴巴
可是
这棵树，该生出多少叶子合适呢

梁永周
1992 年生，同济大学人文学院艺术设计专业研究生在读。

游埃及记　木卢王

埃及人用眼睛画他们的生活
有人把这称为艺术
其实他们并不这样想
尼罗河的沙子曾这样说过
动物的脸应该和它的手脚保持一致
植物应该像死了一样
人类的每一刻都应该像建筑一样
而建筑就是太阳的明亮影子
后人从泥沙中挖出来这些
埃及人早就知道
他们甘心躺在石头上

木卢王，本名李行
1996 年生，河南师范大学 2016 级法学民商班在读。

病症

阿炫

春天的时候
想到万物发情
情恸不过是重获自由的疯马
从冬季的病症中破冰而来
狂妄如雨夜垂死大地的梨花

渡过长路的生灵
不因一朵花的盛开
使更多远方沦陷在遐想之中
你还没遇上的生活
很可能是一场梦境的再现

万物摩擦着，慢慢升温
点燃过于繁杂的线索
有人曾以肉弑火
试图站在痛苦的中心
为幻觉系上冗长的绸带
想象的残枝上挂满祈祷

所有身体在另一双眼睛里
总有不够坦白的部分
手臂摆脱不掉的阴影
是风扫不起来的落叶
一群溺水的鱼
被重力压得放慢了呼吸

没有六点的闹钟
整个城市将继续寂静在帷幕之后
任时间慢慢包浆
成为剔透完整的化石
不可避免的是
那些锄头般的声响
不经意间，凿破了紧闭的木门……

阿炫，本名蒲炫桦
1993 年生，吉首大学文学与新闻传播学院文艺学硕士在读。

春天，是一个温柔的刺客

覃亮

春天，是一把柳叶刀
她在田野雕花
泥土便有了血光之灾
红的，白的，蓝的，紫的
月牙的，环状的，锯齿的，心形的
伤痕的每一瓣都五彩缤纷

风中有温柔的毒
桃花吻过之后，双颊绯红
河流无意被划开
留下切面波光粼粼
飞针藏在太阳的目光里
我与太阳对视
就会迸溅火花

蝴蝶在路过篱笆的时候
中了花朵的陷阱
草丛里，伤口一片温暖

覃亮
1998年生，湖南涉外经济学院英语专业在读。

秋日马蹄湖 卢匀

再无更多的眩晕
再无更多时间走过的波痕
一抔黄土滚落湖中，它没有因此
变得更深

当某条鱼遍历湖的中央
除了那些紧张的水蜘蛛，也没有更多发现

风吹穿我的身体，吹向粼粼的秋天
自视甚高的白色大楼立在那里
俯视我，看透我荒芜的内心
楼中空无一人

就像这成串的否定词
澄澈如镜的湖水，是死的
照不出我曲折的少年——
新鲜的银色发根

卢匀，本名唐本靖
1997年生，南开大学计控学院计算机科学与技术专业2015级本科。

桥头　三点水

桥头的灌木丛异常茂盛
不断有人从此处跳落
这块贫瘠的村庄缺乏高地
何处能够挤出一座山

你说水往低处流
坟头草却愈渐拔高
日子凉了也无人来坟前暖一暖
月光慵懒

你说夏天日渐缩短
年头盼得长了
田里的麦子低落
棉花沾上湿意

你说夏天的夜晚最黑最透明
对着田里的鸡鸭叫唤两声
他们和黑夜里的鬼魂一样
怕黑

你说
死亡究竟要等多久
无人知晓

三点水，本名胡荣波
1996 年 3 月生，河北大学教育学院 2018 级心理健康教育 1 班研究生在读。

Discoloration · 无条件 锋瀚

（直到枪发出不同的声音）

子弹在我的神经外翻折，子弹们
钻石们，绞缠你的善恶
爱是由你逐字写下的一次昏迷
观看或阅读就是被遮蔽
在此结构性幻觉里
我看见我未出生的女儿
被你枪毙 她躺倒 我听不见她哭

你动作里的诗意一字一字钉进我

我摧毁失意者们的公共交通
打穿蛇的膝盖
我向他人馈赠无条件的伤害
伤害别人我从来百发百中
这一度让我误以为
毁灭是一件容易的事

锋瀚，本名张锋瀚
1998 年 12 月生于吉林长春，西安外国语大学英语实验基地 2017 级在读。

母亲的小产　神游子

记忆中的村庄
每走一个人，都要下一场雨
那一年，雨水来不及冲刷尸骨
子宫和月亮同时痉挛
月亮排出体内饥饿的蟾蜍
子宫杀死哥哥
东家粮食，西家谷子
月亮的胃，供给不足
我是我的哥哥
我的命很硬

神游子，本名黄文正
1989 年生，武汉大学文学院古代文学专业研究生。

我们小路上漫步　安文

我们小路上漫步。野蜜蜂
也累昏在某片黑暗中的草丛。
迎面走去多少晚归的人？而我们
恰好深爱而清醒。每一阵风，都无意识地
拂过幸福的嫩叶。这撩人时刻，
你顺手，给枝头涂抹一些香气。
头顶着小瓣桂花，野浆果
在脚下热烈地奔逐。秋夜宁静呵，
咫尺之间，秋天的年纪
有种荡漾的美：划过青丝，大雪中也绝不止顿。

安文，本名李禄洋
1997 年生于河南驻马店，
现为河南南阳师范学院法
学院 2016 级 2 班在校学生。

木匠与还原 毕音

给木头做还原术，一口棺材反刍于一口陪嫁箱
反刍于凋敝的木底鞋，吞咽粗鄙的树屑尚未停止
播种爱恋与悔恨剪径而上

一颗黑色的石质牙齿，化石化绳结记载的青色月亮
谁击打岁月的尾骨，谁就会破壳生长

拓印祖先土黄色日头及皮肤的木版画
拘禁返祖的狩猎与织网，鱼干悬梁
玻璃鞋、白纱盖、载向爱欲交媾的八人大轿
以木刻契约交易，便以契约之血交融
四月的桃花终结于五月的雨水中

投石击鱼，啖食鱼鳞中白色的轮回
蕴养腹中轮纹以养蚕
“新享乐主义匍匐于感官”
金色的车前草，金色的榕树，金色的头发与指甲
太阳鞭长而及，寸寸龟裂戴了两千年的木质面具

一幅巨大的山水画，轰然倒塌

栽种墓碑生出黄白小花，栽种嫁衣生出鸡毛一地
栽种享乐主义将以享乐夜以为继
让死人埋葬死人，让活人婚嫁
崩坏的木底鞋开春突围去发芽

青铜的天空暗生红锈，谁数着它的牙齿
正如数着时间的羊群一样，谁就在绳结里弯曲

毕音，本名窦景龙
扬州大学文学院汉语国际教育专业本科在读。

仗剑天涯 （外1首） 徐洋

不闻厮杀声，在一壶酒里煮剑
温顺，贪杯，知天命
不出鞘，不见血封喉

披蓑衣，戴斗笠
寻一座破旧庙宇抵御风寒
然后给我的瘦马
喂上好的粮草

一枚落叶

从上而下的一声尖叫
直抵咽喉
胸腔里正酝酿一场大火

我是从遥远春天赶来的孩子
为寻找一团绚丽的火焰
曾用布满沟壑的手指
拨开谜一样的山川河流

终于抵达
那是一个无人关照的午后

手持经书
在一句经文里跃跃欲试

一枚落叶砸进眼睛
一团火焰击穿胸膛

徐洋
1994 年生，洛阳科技职业学院旅游文化系城市轨道交通运营管理在读。

弈棋 宗城

若大地是棋盘
你我隔两岸
不如悔一盘棋
捡起弃子
我便可有备无患
渡过你难关

但从来落子无悔
一条河不能过两次
走过的人就不要回头
静静品尝那苦酒

错过的棋局
看别人下
你在这边
我在那边
怎么走
都不会相遇

宗城
1997年生，现就读于天津师范大学文学院汉语言文学专业。

无题　惨绿少年

惨白的灯光亮成漆黑
黄色是哑巴
没人听它的心里话

我注视的人，皆扭过头去
注视我的人，回赠以散漫的目光

他们喜欢细数爱情
前因后果
一条一条很明朗地排成行
疲倦时就放歌
来了精神再怅惘

念叨着小情人
放不下银两
一句话便能翻过一面日历
放倒一城的雨

惨绿少年，本名罗英豪
1999 年生，武汉纺织大学经济学院金融 CFA 专业在读。

十二月二十九日喝了点小酒 （外 1 首）

曾永龙

浓雾在两颊间游荡
露珠里还有一个月球，滚入

悠长的小径。将人群旋入天空
彩虹在齿尖残留

——门楼的巨口令我不适，因为孤独
闪现于人群的反面

微醺的野风中一片荒凉的土地
幽冥下放，引起林中的骚动

无数的幕布在大雾散尽之前
任由双手扯开睡眠

十二月十八日于庭前虚度半日

对一切的造访是归来
又散去。流水里的影子波澜不惊
兀自，演练着疲劳
一些事物充当了配角，还未开始
便预告了终结。犹如幻视与
童真。跫音消散在巷道的回环
中年将至，烟酒尽戒
能舍下的已然不多，余下的
均不知晓。面孔反刍着食之无味的日色
沉默尚未开口，言语已碎成
更多的镜子

曾永龙
1998 年生，闽江学院软件学院软件工程 2016 级在读。

故乡的麦田

南阳

有很多东西，只能稚嫩一回
生长一回，死亡一回
可是，麦田有死亡吗？
镰刀？收割机？
还是牛耕铁犁？
抑或，是成捆的麦草垛
新长的坟茔？

某个时光里，我迷恋
耕田者劳作时的吆喝
像老屋门前摆久的小木凳
将树木的年轮打磨成手艺
光滑、细腻，经年累月
与那些来自麦田里的汗水交融
从此，不分你我

故乡，麦田是拥有它的四季的
秋种，冬潜，春长，夏收
拿捏时辰，它们比我智慧
因此，我甘愿让万物做生活的导演
这就是农人的祖训
刻进镰刀的缝隙里
养育着生活

南阳，本名马文娟
1989年生，西北师范大学教育学院
学科教学（语文）专业研究生在读。

一个人走进风中 段怀勇

一个人走进风中，骨子里
有未眠的，爱 恨 情 仇
更有和雨水誓死纠缠的渴意
每天这个时候
驱赶羊群起身，去对岸
秘密就在青草地上铺平
风吹不散

一个人走进风中，悲伤
被往事打瘦，唯有花朵窃窃私语
小小的石头，高大的山
很静，很静——
然而，不远处的炊烟轻绕

好像是有人在喊我的乳名
我跪下，许多年过去了
风还在耳朵里，和呼吸一样
急促

段怀勇
甘肃环县人，1995 年生，现就读于陇南师专文学与传媒学院，部分作品发表于《中国诗》《陇南日报》《长江诗歌》等报刊。

过敏源　张媛媛

树木开始抽枝的时候，你的
手指生出倒刺。啮齿动物结束
冬眠，啃食指甲以化解危机——

易过敏的季节：动物的毛发
柳絮、花粉、酒精和你，一切
物候的变化，都试图传递危险的

讯息。而失准的月信，比雨水
迟来的安稳，在你的皮肤上种满
警示的红斑。

河流开始解冻，你的嘴唇干裂
少雨的城市：春天从耳朵中流出
黏稠的汁液。

张媛媛
1995 年生，中央民族大学文学与新闻传播学院 2017 级中国现当代文学专业硕士研究生。

卑微

广隶

李二同无数卑微的尘土一样
终于被无数卑微的尘土埋葬

这个被深深暂刻进骨头的词
是那么蛮狠，狂野，淫贱
用斧头，镰刀，锄头企图除掉
直到它们的骨头成了尘土
卑微依然稳如泰山之磐石

李二想把卑微像埋葬自己一样
深深的埋葬，直到骨枯石烂
他却不知尘土里全是卑微的基因
春风吹又生
又种下了新的卑微

广隶，本名康文斌
1995 年生，西安工业大学电子信息工程学院电气工程及其自动化专业在读。

火车 刘涵

莫森韦斯特人最喜欢火车。
那里的火车站，庄严
如教堂。

我最喜欢经过隧道，
日光凋零，昼夜颠倒，
车窗玻璃里突然变得明亮。

莫森韦斯特人习惯去火车站朝圣，
火车汽笛声是颂歌，
火车站的世界是沉寂的，
心是喧嚣的。

夏至日下午两点，
我在莫森韦斯特等待火车。
第一条忠告：不要和莫森韦斯特人提起火车；
第二条忠告：不要问他们任何问题，因为他们只会回答火车。

我期待火车上的风景，
就好像在深夜期待阳光。

莫森韦斯特没有火车。

刘涵
1999 年生，浙江师范大学人文学院汉语言文学专业在读。

父亲 古戈

父亲的眼睛 彻夜地亮着
鼾声来自于地下
纵横几千米的矿道里
嵌着他二百零六块钢筋铁骨

西北的厂房里
父亲穿梭轰鸣的机器旁
熔炉汩汩流出
他灼热、黏稠、黑红黑红的血
这来自于他年轻时开采露天矿
在背上留下的疤 不能愈合的疤
他曾向我炫耀
这是中国最深的人造天坑

太阳落下的几分钟里
父亲用城北的烟囱
抽烟小憩
蓝青色的烟雾点燃了天上的云

我看见父亲苍老的面容
钢铁一般消瘦的剪影里
他摊开双手展在城市之上的繁华
熠熠生辉

父亲就这样养育了我们

古戈，本名胡必成
1998 年生，海南琼台师范学院中文系 2017 级汉语言文学专业在读。

杀鱼的过程

王子军

这是老板所教我杀鱼的方法
从鱼池里捞起
放到沾满鲜血的地板上
用木棒猛击头部三下
扔进一只苍蝇横飞的大盆里
刮鳞
从胸鳍的地方轻轻划下
掏出内脏
扔给旁边一群垂涎欲滴的流浪狗
抠出鱼鳃
扔给一群蠢蠢欲动的流浪猫
取出牙齿
扔进垃圾桶
打两瓢自来水由内到外冲洗两遍
然后提到厨房交给大厨们
由他们任意千刀万剐

王子军
1997 年生，丽江师范高等专科学校教师教育学院语文教育专业在读。

每个人被隐藏的部分

张勇敢

人群苦练伪装术，在失眠中拉开巨大的黑色幕布
尚未得到的孤独陆续登场，舞台危机四伏——

零点刚过，便开始有几张陌生面孔出现
那些在生活间隙处，被我忽略的人们
在夜里循着某种路径，重新叩响我身体的大门
辗转反侧之际，用尽在陌生人身上虚设未来的想象力

前半夜我们曾蒙起双眼，品尝危险事物带来的美感
短暂的肉体欢愉，在春天面前显得渺小
同样微不足道的某些渺小事物，诚如此刻的我们
小心翼翼，长出许多被隐藏的部分

西禅寺早起的公鸡按时拉响城市警报，福州的夜色
企图从我体内全身而退，我慌忙收起昨夜暴露的骨头
那刚刚支起的身子又一次垮了下来

张勇敢，本名张浩
1994 年生，厦门大学
法学院 2018 级法律
硕士研究生在读。

父亲的酒 陈壁纯

父亲经常和酒瓶比试
和它比谁更像个酒瓶子
用力把经年的苦压进瓶里
封住瓶盖，只字不提
在月光将圆时，独自晒晒
起泡时，换来瓶身的尴尬
颠沛之处，伸手都是流离

深夜把父亲还给母亲
她更像个老友，没有妻熟练的抱怨
扶住踉跄的父亲，像是把路扶正

陈壁纯
1995 年生，韩山师范学院文学与新闻传播学院汉语言文学专业在读。

姐姐 （外 1 首） 崔雪悦

昨日我忆起与你有关的蓝，
姐姐，当你一度降临，
追溯在此刻发生，
易水四散于高原。
二月已经到来，
你是我选择沉默的第一个影子。
像往常，我追溯
追溯自白企图变为朦胧的意象，
我是我，我是你临界虚无的意识。

姐姐，凌晨三点的时针通往永恒，
信徒传教时你是死亡未过门的妻子。
星辰再次通过零落之姿靠近，
我企图仰望，我企图……
两手空空。
姐姐，为了接近你我接近哲人的影子。

姐姐，人们总在遗忘中记忆，
多年来圣徒夜里起身抚摸松林的涛声，
我深知那出处，
我深知你将是盲人急于（即将）感触的那头大象。

早春的树林

然后火来了，一切的一切都在噤声。
然后你来了，衣襟带水。
你痴迷于发酵过后的酒精，
转眼却说荣誉属于家族，
然后与那母狮齐头，并行进入早春的树林。
万物皆是流火，倘若君主在秋的胴体上实施暴行。
譬喻，另一个不安随之而生。
鲁迅告诉中国人特有的美德。
一座母亲，时代的惶惶不可终日。
然后你来了，暴虐随之
而来，我借此进入一尾鱼苗的体内，
他们接着阐明美德即谦逊。

崔雪悦
1998年生，河南师范大学文学院汉语国际教育专业在读。

扶犁人 覃昌琦

五明是扶犁的老人
他的脚掌在坚硬的犁后呼吸
蓄力每一次的接近地心

几十年的耕土柔软得载不起一辆破旧的马车
用膀子勒
砸碎这废弃的车轮，一同葬下的
还有扶犁人的骸骨

这样，
后人的死，
不再与耕土有关

覃昌琦
1991年生于广西乐业。南京师范大学中国现当代文学专业2017级硕士研究生在读。

在邛海 胡了了

在邛海，你穿着海水色的连衣裙
邛海是一片湖，你指对面的山影
给我看，我知道
我们一前一后，走在湖上狭窄的桥上
有飞鸟从我们的手臂上空划过
去水面衔起小鱼，不飞回

夏天在邛海，游客很多
我们不好意思接吻
天快黑了，倚靠禁止游泳的牌子
我们看台阶下面
那些水中的套游泳圈的孩子和他们的父母
两个青年比赛，从这边游到对岸

你告诉我，每年都有人在邛海淹死
包着我手背的手心突然用力
“无论在哪儿，不要像他们那样”
我说我游得不好，只在游泳池

漫不经心地看到湖心，一条大鱼
跃出水面又落回
水花在月光下闪闪发光
我想到一句比喻，我和你

胡了了，本名胡子旭
1997年生，黑龙江大学文学院汉语言文学专业在读。

互掷的光阴——致宋逸

路攸宁

我们共有的南方，也生长着无数的可能
譬如这隐匿的虫声，为我们指认了不同的经纬
日益抵达冬日的掌心，除了冷
无法再感知多余的温度。而晶莹的雪
已不再向我们跋涉而来
以至于许多的夜晚，我们互掷了空荡的光阴
那些敲碎的词语，成了连续日子里唯一的转折
这深邃的季节，酝酿了许多惨淡的黄昏和阴霾
偶然倾泻的冬阳，从人流与建筑物的缝隙间涌过
但我们各自所在的成都和重庆
所固守的景象都未因此倾斜
这多像我们这些年的逃离，还不愿改换路径
枯黄的树叶和残枝渐次离去，但我们
却无法从一段破旧的暮色中转身，或是停顿
这人间的伤心事，和镶嵌于命运之中的迁徙
在仆仆风尘里，习得了完整的修辞却又缄口不言

路攸宁，本名潘凤妍
1996 年生于四川万源，现就读于四川建筑职业技术学院经济管理系。

一本翻开的书　慕徽雨

夜晚，翻开书就是翻开天空
翻开纷繁的雪
抖落一地的思绪
你将从词根直接走进雪地
嫁接一支风雪，返回内心
它们就在你的身体里
有时候
雪就是世界的第一文本
你看得见也看不见
当雪花在一本书里隐藏
是一滴墨水的时候
直到 你的手指戳破
将所有的错觉唤醒
它们便开始呈现你早年的印象
那些以白色为背景的文字
跟上了陌生的惊奇

慕徽雨，本名邢序瑶
1996年生，江苏第二师范学院文学院
2015级汉语言文学（师范）在读。

风雪夜归人 （外1首） 祁十木

究竟那是什么人？

——张枣《何人斯》

我没时间再做梦（古时候的梦），没时间
在笼子似的校园里互相检查对方的身体。
这是晚餐后的一次远行，在郊外的小路上。
我们看到自由在空气中滑翔，看到雪花如植物般
生长在我们头顶。不需要牵手，就这样
肩并肩走着，雪越下越大，对于南方，
这是不祥之兆。我问他是否记得雪夜上梁山的人，
他没有回答，固执地戴着口罩，他似乎
还能感觉到雾霾。我不清楚这是不是玩笑话，
但我能看到他的后背，突兀地出现在路灯下。
作为雪中行走的人，我们过早地穿上了皇帝的
新装，我们对安徒生童话进行再创造。“灯下黑”，
他悄悄对我说。等我回头，就看到那些高楼的窗户，
朝我们睁开了眼睛。我大概听到了无数人在洗澡，
雪夜，可以抛弃胜利和枷锁，适合洗热水澡。
我想逃离，想要结束渴望已久的散步，这时
我似乎长出了一只猫的眼睛，就算看往日的故事，

秽物也可以穿透我的神经。他被我扔在原地，
这其中存在遗忘的时间，可能发生了一些事。
被利用的夜色，或已被调音。我忘记了
之前写下的诗句，忘记了你所谓的高原和氧气机，
以及那只被你比作父亲的猫。当我走进房间，
我肯定楼道里传来了猫叫声，那声音钻透我的
听力。紧贴着通风口，它将展示三种融化方式，
我困惑于，究竟该拿哪一个
自己出门？就为了执行一次暗杀任务？
滚烫的答案变成问题，我为无数次修改题目而感到
惭愧。以第三种方式反问：我是否真的出过门，
是否在雪夜走过郊区的小路，是否在路灯下停留。

上山去

相对而言，返程更陌生。从停留湖边开始倒退，
回忆被滚动的原因，你是否低声诉说过，自己
是一棵被拦腰砍断的树，不能同他们一起飘落，
要重重地砸下。他们未曾看到脚印，重复出现

在山脚。前进与后退基本一致，究竟存在多少
纠结的词汇。直接跳跃到出发前，他没有朝拜
镜子，没有拿出新衣服和旧皮鞋，他享受预言。
脱下适用于人世的忧愁，我们挽着彼此的胳膊
像某一对情侣，上山。此刻永恒，与下山无关。
你可以设置标准，在山腰处挑选某个同行的人，
哪怕只因为他衣着朴素。面对一线天，这母体
与坟墓的分界，宛如少女的秘密，隐藏在风中。
你尽量为此感动，为一次被怀疑的郊游而承受
幸福。往回走，上过梁山和泰山的人在此重逢：
我醉君复乐。* 虚构令人冲动的故事，阐释祈祷
词，不论真诚、伪善，上山都已无本有的意义，
即使你憧憬，专属于它的死刑。注视降低速度
滚动的碎石，纷纷砸向车窗。
在此刻，我们行至悬崖边
停下。手中的笔，被现实推向一座悲伤的花园

* 出自李白《下终南山过斛斯山人宿置酒》，原句为“我醉君复乐，陶然共忘机。”

祁十木，本名祁守仁
1995年生，广西民族大学文学院2014级写作班。

语言的悬崖

石程宇

语言的悬崖边，我们各自取暖。
把一个个名字切开，然后再用姓氏
点燃。就这样沉默着，渡过
被光弄脏的黑暗。

在这里，我们将成为亲人。
我们读着小溪，森林，但它们已是
相同的风景。在这里，我们
既是蛇，也是鹰。

有时，起风了，所有的词
都会失重。当衣服被树枝撕开，地心
紧抓住大海。风停了，我们
就一起望向天空。

等灵魂缓缓飘下来。

石程宇
1999年生，黑龙江大学文学院汉语言文学专业在读。

眼镜 冉冉

因为近视
我有了四只眼睛
开始能看到身后坐着的男生
如何起身
抽一支烟
踢踢踏踏地又回去
眼镜的光里有他的影子
于是我就偷偷看
传来一个节奏非凡的脚步
好像连着地的双脚
眼镜的边被粉红色外套镶嵌
给她尊重和平常
眼镜的光告诉我
为她想象一出童话吧
惩罚那些
好奇的肉眼

冉冉，本名赵梦瑶
西南民族大学文学与新闻传播学院
汉语言文学专业在读。

骨刺 王明朗

浸泡在并不温软的成长里
骨头像温牛奶中软化了的饼干
我小心翼翼地
试图将它弯曲成最招人喜欢的弧度
可是它太不知趣
稍一用力就碎得毫无形状

幸好
人们从四面八方涌上来
用心良苦地帮我把骨头碾成末
打开我弯曲膝盖骨倒灌回去
助我成为一个温软而无痛的生物

可总有那么一点意外
好像还有什么游走在体内
吹捧时它出现在我舌下
刺得我满口鲜血
卑躬时它曳至骨髓
蛰得我不敢弯下腰
它还时不时刺激我左胸可怜的器官
不让跳动频率和周遭趋同

我想我是病了
人们又从四面八方涌上来
提心吊胆地查看
兴奋地、关切地安慰着
就是根骨刺么
别急，能拔

王明朗
中国政法大学民商经济法学院法学专业在读。

稻草人　穆鱼儿

再无返青的可能
体内的十字架，如命运一般倾斜
肥料和庄稼，都与它毫无瓜葛
它是所有荒草的总和
唯一的局外者
当风吹过，它因深爱着尘世而战栗

远方和天空，适合没有枷锁之人
它因爱，而寸步不移
它因爱，而失声恸哭——
它渴望因收获而倒伏
抑或被内心之火，所席卷
它需要水分，需要血，需要闪电
只有雨天才是它的

穆鱼儿，本名呼松涛
1996 年生，南阳师范学院机电系
2015 级机械电子工程专业在读。

春宫（外1首） 皮皮

或者春天就在杯中
我们一饮而尽。腹内空空
空空。草原不需要关心
唯有野花，唯有
上午对抽象的怀念
而诗歌以流动获得自由

流动的不等于永续
我们无话。忙着消化四月，
消费五月。同时预见六月里
一条捉不住的鱼

请了，狐狸和猎犬们
我们倒挂下来。坐在太阳上，
寻常的事情当然惊人
比如看见母亲替群山老去
比如在一朵花的梦里尝到苦味
比如离别一块石头。我们举杯
或者春天就在杯中

想象

比如下雨前的黄昏
你坐在窗边，目光湿润
田野离开指尖
我折断苇草，驱散羊群
追赶一朵危险的花

飞跃，然后旋转
纪念原始和空虚
一个梦，在喘息之间
从异乡的床铺蒸发
回到港口、海面与低空

接住我，当土地不断上升
到了收获的日子，秋天
拥有另一件外衣。一束稻子
心思忐忑而甜蜜
在路边等你。铃铛响过
雨就落了下来

皮皮，本名吴文杰
1997 年生，南京师范大学强化培养学院汉语言文学专业在读。

象形空间

夏跃锦

面对一堵墙，可以拆穿所有心事
对立面，虚无空间，褪色的表情
砍断一条梗，砍掉三尺伤痕
书桌，刻钟，云烟，打火机真实存在，被空间包围
把夜晚放在身边，我便可以真实存在
我也真实存在一种姿势。提笔，放下
放下一桩心事，拿起一支烟，任意折磨青春
打顺脉络，牵扯二十年的恩怨
烟火点亮后，恩怨分明
白天和晚上交配，这是最奢侈的爱情
每每抓起一把沙，都是握不住而轻撒
也每一次都错把时间谎称少年
春来春去，寒潮秋雨，私欲的修辞
跳进江，跳进河，跳进大海
每一句话，都应该坐牢
每一个念想，都应该枪毙
阳台上晾干的月色开始发黄
看着天花板
我，家徒四壁

夏跃锦
云南宣威人，1996 年生。
就读于云南昭通学院。

雪球　醒洱

在寒冷和寂静中，人们变得亲密
失眠的汽笛声和喝醉的笑声
走失在它的多孔结构里

在手中积聚，这内敛的力
（曾把神火压入人类体内）
现在使它变成一只傲慢的牛角，和它沾泥的
消融的疆土

摁平，压实，打磨：
颅骨徐缓的盆地与山丘，仿佛磨损的受难地图
它攫取你的热而你完成它的冷……

放在水泥平台，往每个方向使着劲儿
抠掉沾泥的部分，以白雪修葺
并来回滚动，填补，积压
以轻快的步伐，以每一个测度
观测，计算，构筑

直至成为一颗纯粹，坚硬，冰冷的太阳
闪耀在午夜的湿地里

双手酥麻，炽热，而酸肿。鼻子通红
听着隐居夜幕的圆号，回到小屋
微风将你的汗吹冷

醒洱，本名焦伊宁
1994年生于山东济宁，上海交通大学生物医学工程学院生物医学工程专业2017级硕士研究生。

停电的房间　周恩

这是整栋建筑中唯一的黑暗
只能凭借窗外依稀的天光
辨别镜中蔷薇的枯萎
进行到哪一片花瓣
然而花瓣并不曾落下

维持着绽放的
亦是死亡的模样

没有光影的移动
只有错落的风
持续吹动阳台晾晒的旧衣裳
椅中女子沉于睡眠
脊骨隐藏一只天鹅的脖颈

周恩
1994 年生，南京大学文学院汉语言文学专业在读。

附录

《中国大学生诗歌年选·2018》有奖评选获奖名单

★ 最佳青春诗歌奖

康承佳　武汉大学

★ 青春先锋诗歌奖：

胡　游　广西民族大学

非　非　浙江师范大学

★ 青春新锐诗歌奖：

闻　耳　华东师范大学

王振羽　南京师范大学中北学院

陈　航　海南医学院

★ 评委会创意诗歌单项奖：

祁十木　广西民族大学

崔雪悦　河南师范大学

贾假假　天津城建大学

李倩倩　四川大学

★　**佳作奖：**

刘西溪　广西钦州学院

陈　超　山西大同大学

成　风　陕西国际商贸学院

灵　芸　陕西科技大学

阳涵璇　湖南警察学院

小小贝　西北师范大学

戴建浩　韩山师范学院

从　安　北京师范大学

刘　帅　北京物资学院

丢　丢　惠州学院

今　后　四川大学

王小康　定西师范高等专科学校

冰又可　淮阴师范学院

居　昕　深圳信息职业技术学院

李继豪　华中师范大学

祈　尘　北京大学

伯竑桥　武汉大学

江　飞　郑州大学

张小小　陇东学院

牧　鱼　中山大学

宋素珍　贵州民族大学

周幼安　东南大学

小　玖　楚雄师范学院

孟琳峰　广西民族大学

毕　音　扬州大学

徐　洋　洛阳科技职业学院

《青春》杂志社

中国高校文学社团联盟（CLUC）

2018年10月1日